신은 유희에
굶주려 있다.

제6영

The Ultimate game-battles of a boy and the gods

6

"『붉은 머리 누나』라고 했던가?
페이에게 유희를 알려준
누나를 찾겠다면서?"

PROFILE
레셰
신이었던 소녀.
페이 일행과 함께 「신들의
놀이」에 도전한다.

"물론. 여기까지 왔으니까."

페이

파죽지세로 「신들의 놀이」
를 공략하는 게임 애호가
소년.

"흐흠, 용아. 내 거대함에 놀랐구나."

레셰의 시선을 알아차린 우로보로스가,
눈을 가늘게 뜨고 히죽 웃었다.

우로보로스

틈만 나면 『무패』를 자랑하는
무한신. 계속해서 자유분방하게
행동하는데…….

"우리가?!"

넬

페이의 현재 팀의 동료.
물리 공격이 특기인 외골
수 소녀.

펄

드물게 기적을 일으키는
자칭 전자동 착각 걸.

"나는 확신했다. 너희 둘이야말로
그 운명에 선택받은 전사라는 것을!"

PROFILE

케이오스

페이가 소속했던 예전 팀의 리더
사정이 있어 신비법원 본부에 자리
잡게 됐다.

6

Gods' Game We Play

The Ultimate game-battles of a boy and the gods

Epilogue   짐승 중의 짐승   p265

Player.5   웃을 수 없는 이야기를 즐겁게 이야기하지 ─반신반인─   p245
어웨이킹   라그나리그   헤케트 마리아

Player.4   팁 「각성」 ─인신결전─   p163

Intermission   난폭한 현신과 무패(1 무승부)의 신과 머리 나쁜 바보   p149

Player.3   마법이 일상인 도시   p099

Intermission   계속 바보짓이나 하지 그래요   p089

Player.2   무패인 나와 무승부를 거두다니!   p065

Intermission   지나치게 한가한 신   p057

Player.1   신의 영광   p015
세레브레이션

Prologue   웃기지도 않는 이야기군   p011

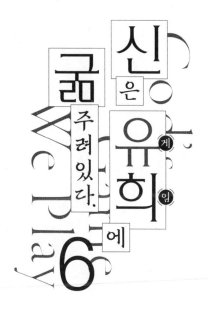

저자
사자네 케이

일러스트
토모세 토이로

옮긴이
김덕진

Character

《 등장인물 》

God's GameWe Play

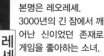

레셰
본명은 레오레셰.
3000년의 긴 잠에서 깨
어난 신이었던 존재로
게임을 좋아하는 소녀.

페이
이 시대 최고의 루키로
기대받는 사도. 레셰 &
펄과 팀을 결성했다.

넬
마르 라의 전 사도. 한 번
은퇴했지만, 북메이커와
의 게임에서 승리해 페
이의 팀에 가입.

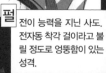

펄
전이 능력을 지닌 사도.
전자동 착각 걸이라고 불
릴 정도로 엉뚱함이 있는
성격.

Prologue 웃기지도 않는 이야기군

이것은—.

페이가 용신 레오레셰와 만나고 얼마 지나지 않았을 때의 일.

창공을 유영하는 새보다도 높은 곳.

새하얀 구름보다 높은 상공에, 은빛으로 빛나는 부유도시가 존재한다.

고대 마법 문명의 마법이 남아있는 신화도시 헤케트 셰에라자드. 그곳의 대도서관에서.

케이오스는 오늘도 혼자였다.

"……."

먼지가 내린 책장. 사서가 없는 이 도서관에서 어떤 책장에 어떤 책이 있는지 완벽히 파악한 사람 존재하지 않을 것이다.

"……웃기지도 않는 이야기인데 말이지."

케이오스 울 아크, 이전 신비법원 루인 지부 『각성』의 리더.

역사상 최고의 신인으로 불리는 페이의 가입을 기점으로 신들의 놀이에서 연전연승을 거뒀던…… **때도 있었다.**

"그런가, 페이."

읽기 힘들 정도로 손상된 역사책을 들고서.

케이오스의 시선이 향한 곳은 책상 위 소형 모니터. 그곳엔 전장 10,000미터라는 엄청나게 거대한 신의 유희가 비쳤다.

무한신 우로보로스와 한 소녀의 최종막이.

"답을 맞춰볼 시간이다, 우로보로스!"

"신을 쓰러뜨리는 건 신 자신. 이것이 우로보로스, 네 공략법이었던 거다."

그 방송을 지켜보고서.

케이오스는 입가에 살며시 미소를 떠올렸다.

"넌 여전하구나."

애초에 걱정하지 않았다. 팀 『어웨이킹』이 사라진다 해도 저 루키는 반드시 세계에 이름을 알릴 것이다.

그렇기에.

"……웃기지도 않는 이야기가 되겠지."

허름한 역사책.

그 표지를 들춘 순간, 달칵 소리와 함께 표지 모양의 뚜껑이 열렸다.

책의 형태를 한 장난감 상자.

그것에 담긴 물건은 3천 년 동안 이곳에 잠들어 있던 유희, 수십 장의 오래된 카드다.

 케이오스가 발견하지 않았더라면 영원히 잠든 채였을 것이 분명하다.

 "페이. 넌 언젠가 헤레네이어의 승리 수를 뛰어넘겠지?"

 헤레네이어는 그것을 위험하게 여길 것이다.

 무슨 수를 써서라도 페이를 방해하려 할 것이다.

 "……친하게 지내라. 하긴, 이런 말을 해도 소용없겠지. 적어도 헤레네이어 쪽은."

 한숨이 책에 쌓인 먼지를 공중에 날려 보냈다.

 언젠가 만날 것이다.

 신들의 놀이에서 완전 제패를 노리는 자들끼리.

 "천적? 아니, 동족 혐오인가. 어쨌든 그녀는 싫어하겠지."

 그리고 이렇게 말하리라.

 「케이오스, 당신이 어떻게 할 수 없나요?」라고.

 "미안하지만, 헤레네이어."

 닳은 카드 더미를 들고서.

 텅 빈 책 모양 장난감 상자를 다시 책장에 돌려놓았다.

 "내가 할 수 있는 건 고작 웃기지도 않는 이야기를 유쾌한 이야기로 만드는 것뿐이야. 그다음은 스스로 정해라."

Player.1 ^{세레브레이션} 신의 영광

1

『신들의 유희를 내려받은^{메이 유어 갓즈}』.

팀명. 이것이 내가 주는 『신의 자애^{포상}』이다.

괴력난신이자 엄숙한 대지의 현자.

현명하고 여유롭고 거칠고 분방한…… 정말 화려한 용암색 머리카락을 묶은 신이 호쾌하게 웃으며 말했다.

그리고 지금.

━━━━━━

『페이 군, 축하해. 팀명이 정해져서 다행이야.』

통신기 너머로.

먼 비적도시 루인에서 미란다 사무장의 밝은 웃음소리가 들렸다.

『그런데 「메이 유어 갓즈」라……. 상당히 위풍당당하다고

나 할까, 페이 군한테 그런 거창한 이름을 붙이는 취향이 있었던가?』

"역시 사무장님도 그렇게 생각하세요?"

통신기를 한 손에 든 페이는 발밑의 **폐허 더미**에 앉았다. 그리고 쓴웃음을 지었다.

자신납지 않은 명명이라고 생각했지만 역시 통화를 시작한 지 1분 만에 그런 질문을 받았다.

"그거, 받은 거예요."

『응? 네가 지은 게 아니고?』

"네. 뭐, 거창한 이름이라는 자각은 있어요. 소중히 짊어져야죠."

『상관없어. 이름이 거창한 팀은 한둘이 아니니까. 실제로 너희는 그만한 팀명을 써야하는 팀이고.』

통신기 너머로 그릇이 부딪치는 소리가 들렸다.

미란다 사무장이 애용하는 커피잔을 드는 소리일 것이다.

"철야하셨어요?"

『덕분에 피부가 엉망이야. 최근에 일이 많아서……. 그래서 멀리까지 갔는데, **네 옛 팀의 리더는 찾았어?**』

"……아쉽지만."

페이가 있는 곳은 유적도시 엔쥬.

이 도시를 단적으로 표현하자면 「현대인에겐 지루한 도시」일 것이다.

우선 빌딩이 없다.

기업의 사무실은 물론 유명 음식점과 백화점이 없다. 그렇다고 특별한 관광지가 있는 것도 아니다.

다시 말해 오락거리가 없다.

있는 것은 고대 유적 발굴터. 그리고…… 페이의 옛 팀 『어웨이킹』의 리더였던 **케이오스가 이 도시에 있었다는** 정보뿐.

「보고 말았어. 이 게임은 클리어하면 안 돼.」

케이오스는 어디론가 떠났다.

그 말이 무엇을 의미하는지 도저히 이해할 수 없지만 지금이라면 짐작되는 것이 있다. 세계 최강팀 『모든 혼이 모이는 성좌』의 리더가 이렇게 말했다.
^{마인드 오버 마터}

『신들의 놀이 공략은 이제 그만하지 않을래?』

『아직 모르는구나. 신들의 놀이에서 10승을 하면 안 된다는 것을.』

신들의 놀이에서 10승을 해선 안 된다.

그 말을 들은 순간 사건들이 이어졌다.

팀이 해산하기 직전 케이오스 선배가 한 말의 의미는 혹시…… 「신들의 놀이는 클리어하면 안 된다」는 것이 아니었을까?

"케이오스 선배의 집엔 **아무도 없었어요.**"

『어머, 신비법원 데이터가 틀렸던 건가?』

"아니요. 케이오스 선배는 여기 있었지만 지금은 다른 도시로 이사한 모양이에요. 옆집 사람이 가르쳐줬거든요."

『케이오스 군이 그렇게 자주 이사하는 타입이었나?』

"……굳이 말하자면 귀찮아하는 성격이었던 것 같은데요."

게으르고 외우는 게 서툰 리더였다.

대신 남을 잘 돌봐줘서 팀을 이끄는 역할에서는 빛나는 면모를 지녔다.

그런 그가 **어째서 이곳을 선택했을까?**

신비법원 지부조차 없는 변경 도시다. 유일한 특징이라면 고대 마법 문명의 유적이 있다는 점뿐.

"일단 돌아갈게요. 다시 열차로 하루 이상 걸리겠지만."

『이동하느라 힘들겠네. 아, 그러고 보니 페이 군. 아까도 들었는데 거기서 포세이돈이라는 신과 겨뤘는데 승리 수는 늘지 않은 것 맞지?』

"네. **우리는 여전히 7승이에요.**"

그렇다.

이 유적에서 인수신 미노타우로스와 해신 포세이돈의 영적 상위 세계에 다이브했다. 그러나 포세이돈의 유희 『그리고 모두가 사라졌다』는 안타깝게도 승리 수에 가산되지 않는 모양이었다.

……정식으로 신들의 놀이에 참가한 것이 아니었기 때문일까.

……거신상에서 다이브한 것이 아니라 우로보로스의 힘으로 전이됐으니까.

다시 말해 그저 신과 놀았을 뿐.

말하자면 비공식 시합인 셈이다.

『여러모로 고생했네.』

통화기 너머로 사무장도 쓴웃음을 지었다.

『어쨌든 조심해서 돌아와. 이야기는 돌아온 뒤에 천천…….』

사무장이 말하던 도중.

"꺄아아아아아아아아아아아아악?!"

"위험하다, 펄! 이쪽이다!"

"넬 씨, 잠깐만요! 멀리서 손짓하지 말고 도와주세요~!"

페이의 뒤에서 처절한 대화가 들렸다.

그것이 펄의 비명과 넬의 외침이라는 것은 사무장도 쉽게 알아차렸을 것이다.

『저기, 페이 군.』

"네, 사무장님."

『지금 펄 군의 죽어가는 목소리가 살짝 들린 것 같은데?』

"아, 그게……."

살며시 뒤를 돌아보았다.

펄이 울상이 되어 주저앉아 있는데, 그런 그녀의 단 몇 센티 뒤의 지면에 몇백 킬로는 될법한 돌기둥이 꽂혀있는 것이 아닌가.

그것도 총알보다 빠르게 **손으로 날린** 돌기둥이.

"펄, 무사해서 다행이네!"

"레셰 씨도 웃지만 말고 도와주세요!"

그런 대화였다.

『……페이 군, 그러고 보니 뒤에서 쿵쿵 소리가 나는데? 지금 어디야?』

"유적도시 엔쥬요. 지금은 그 발굴 현장이고요."

『……응.』

미란다 사무장이 잠시 침묵.

『유적 발굴 현장이 다이너마이트가 터지는 곳이었던가?』

"다이너마이트는 안 써요."

『하지만 뭔가 폭발하는 소리가 나는데?』

"폭발하는 것도 아니에요."

『……굉음이 울리고 펄 군이 죽을 듯이 비명 지르는 건?』

"아, 그건 여기서……."

페이가 선 곳은 재로 덮인 발굴 현장.

발굴된 황금 재단이 있고 고대 언어가 새겨진 돌기둥 몇 개가 늘어서 있다. 달리기 경주를 할 수 있을 정도로 넓은 곳이라서…….

"**술래잡기** 중이거든요."

그와 동시에.

우뚝 솟은 돌기둥이 발차기에 가루가 되어 부서졌다.

"기다려!"

"하하하! 그런다고 기다릴 리가 없지! 왜냐하면 난 무패니까!"

커다란 소리와 함께 회오리가 일었다.

페이의 앞을 가로지른 것은 두 **신**이다.

"느려, 느려! 그래선 몇백 년이 지나도 날 잡을 수 없다!"

먼저 천진난만하게 눈이 반짝이는 은발 소녀.

일반적인 범주를 뛰어넘을 정도의 미소녀이지만 그 외모를 망칠 정도로 화려한 반지와 목걸이를 차고 있고, 거기다 티셔츠에는 크게 **무패**라는 두 글자가 적혀 있었다.

무한신 우로보로스.

페이 일행이 격파할 때까지 공략한 인원 제로를 자랑하던 (이전) 무패의 신이다.

이에 맞서.

"흥, 부족해! 공중에서 2회전하고 돌기둥을 발판 삼아

삼각 뛰기, 궤도를 바꿔 옆 돌기둥으로 옮겨갈 거지?! 거기다!"

우로보로스를 쫓는 것은 또 다른 신.

이쪽은 용암색 머리카락을 나부끼며 공중에서 궤도를 바꾸는 우로보로스를 쫓는 거구의 여자다.

거신 타이탄.

페이 일행에게 팀명 『신들의 유희를 내려받은^{메이 유어 갓즈}』을 내려준 신이다.

"저와 사무장님의 대화가 끝나기를 기다리다 지쳤다면서……."

『그래서 술래잡기를 시작했다고? 당장에라도 도시가 무너질 것 같은 소리가 들리는데.』

그렇게 이 대소동이 벌어졌다.

공중으로 뛰어 차례차례 돌기둥을 뛰어가는 우로보로스. 그 뒤를 쫓는 것이 타이탄.

"잡았다!"

"이런, 위험해라!"

쩌적.

우로보로스가 던진 돌기둥이 마치 작은 돌멩이처럼 날아갔다.

방금 전 펄이 비명을 지른 것은 이것 때문이었다.

그리고 술래인 타이탄이 계속해서 진로를 가로막는 돌기

둥을 부수며 직진.

미란다 사무장이 들은 폭발음은 이것이었다.

『페이 군.』

"네."

『일단 말해두겠는데, 유적도시 엔쥬에 있는 유적은 최초로 고대 마법 문명의 터가 발견된 세계 유산이야. 가능하면 보전하고 싶은데…….』

"저도 그렇게 말했는데요……."

돌기둥을 날려버리고 바닥을 깨뜨리며 발굴 현장을 파괴하는 두 신.

바로 그때.

"응? 뭐야, 애송이. 이야기는 끝났나?"

끼익, 하고.

쫓아가던 타이탄이 급정지.

그 반동의 풍압만으로 작업 현장의 트랙터가 종잇장처럼 날아가는 걸 보면 어느 정도의 힘으로 달렸는지 상상하기도 두려울 정도였다.

애송이.

그것은 아무래도 페이를 부르는 말인 모양이다.

"이제 나갈 거라면서. 다른 도시에 갈 건가?"

"신비법원의 본부……라고 말해도 모르겠지만, 잠깐 가고 싶은 곳이 있거든. 그전에 루인으로 돌아가야 하는데."

"흐음?"

"그런데 너야말로……."

거신 타이탄을 올려다보았다.

지금 그녀는 우로보로스와 마찬가지로 정신체일 것이다.

일행에게 팀명을 주기 위해 인간 세계에 왔다지만.

"영적 상위 세계로 돌아가지 않아도 괜찮아?"

"돌아갈 생각**이었지.**"

대지의 현신 타이탄이 기모노의 허리띠를 조였다.

우로보로스와 술래잡기를 하느라 풀어진 모양이다. 참고로 페이는 허리띠보다 술래잡기하느라 크게 벌어진 앞섶을 먼저 정리해줬으면 했다.

"우로보로스에게 들었다. 인간 세계를 조금 관광한 뒤에 돌아갈 거다."

예상하지 못했던 관광 선언.

……소동이 벌어질 테니까 그만둬.

……그렇게 부탁해도 소용없겠지.

참고로 미란다 사무장의 통신은 어느새 끊겨 있었다. 방금 대화를 듣고서 책임 회피를 위해 도망친 모양이다.

"그래서 말인데, 애송이가 재밌는 관광지 좀 알려다오."

"내가?! 음, 재밌는 곳이라……."

곤란하다.

신의 기준으로 「재밌다」란? 인간의 독자적인 기계화가

발전한 도시, 희귀한 문화 예술이 발달한 도시, 아니면 유희가 가득한 지역일까.

"사실은 우리가 사는 루인을 소개하면 좋겠지만…… 본부에 갈 예정이라서. 루인 이외에 추천할 관광지가 있던가? 펄."

"저, 저는 잘 몰라요!"

"그럼 넬."

"난 태어나서 쭉 마르 라에서 자라서……."

"레셰."

"차라리 다트로 정하는 게 어때?"

세 소녀가 차례차례 즉답.

그보다 다들 명확한 답을 내려주지 않은 점은 예상대로이긴 했다.

"……알았어. 그럼…… 맞다, 『○×게임』때 썼던 종이가 아직 있던가?"

메모장을 꺼내 세계 지도를 대충 그렸다.

마지막으로 그 한 곳에 ☆ 마크를 넣으면 완성된다.

"내 추천은 이 도시야. 지금 있는 곳은 이곳. 수백 킬로 떨어졌지만 신이라면 괜찮지?"

"오! 그럼 가볼까."

종이를 움켜쥔 타이탄이 다른 한 손을 이쪽으로 내밀었다.

"애송이."

악수일까?

그렇게 생각하고 내민 페이의 손이 허공을 가로질렀다.

"······어?"

타이탄의 투박한 손이 페이의 머리 뒤를 감싸더니······ 갑작스럽게 힘껏 포옹했다.

용암처럼 뜨거운 피부.

그러면서도 놀랄 정도로 부드러운 가슴에 얼굴을 힘껏 끌어당기며.

"······?!"

"이게 인간의 예의지? 관광지를 알려준 보답이다."

예의?!

그렇게 말하고 싶어도 숨을 쉴 수 없었다. 그만큼 강하게 가슴에 파묻힌 페이가 간신히 목소리를 쥐어짜려던 그때.

"이게!"

"빨리 가!"

"그, 그건 반칙이예요오!"

"부외자가!"

부끄러워 얼굴이 붉어진 페이 이외에.

분노로 얼굴을 새빨갛게 물들인 우로보로스, 레셰, 펄, 넬에게 등을 걷어차인 타이탄은 하늘 높이 날아갔다.

"오오오?! 이게 뭐지? 이것도 유희인가?!"

타이탄이 공중에서 몸을 돌렸다.

용암색 머리카락을 크게 흩날렸고…… 페이가 그것을 올려다봤을 때, 이미 타이탄의 모습은 하늘에서 사라지고 없었다.

"그럼 애송이. 다음 유희도 즐기도록 해라."

단 한 마디.

바람을 타고 전해진 그 말을 남기고서.

2

비적도시 루인.

대륙 곳곳에 존재하는 아일 시티, 그중에서도 최대급 도시 중 하나이다.

가로수길이 아름답게 정비되어 있고 그 도로를 달리는 자동차는 전부 깨끗했다.

고개를 들면 회색으로 빛나는 고층 빌딩들이 보이고 그 구획 너머에 유독 높은 신비법원 빌딩이 솟아 있다.

"어서 와, 페이 군."

1층 로비에서 미란다 사무장이 밝게 손을 흔들었다.

"레오레셰 님과 우로보로스 님도 어서 오세요. 수고했어, 넬 군, 그리고 펄."

"저만 덤처럼 취급하시는 거 아닌가요?!"

"펄 군도 오래 이동하느라 수고했어. 열차 안에서 먹었을 특제 엔쥬 도시락의 맛도 궁금하지만……."

사무장이 안경을 추어올렸다.

"그럼 페이 군. 피곤할 텐데 미안하지만 바로 보고를 듣고 싶어."

"케이오스 선배의 일 말이죠?"

"그것도 있고, 너희 팀명에 대한 이야기도. 그리고 본부에 갈 거라면 그 일정도. 듣고 싶은 게 산더미처럼 많아."

═══════════

아침 햇살이 드는 집무실에서.

미란다 사무장이 테이블 위에 놓인 선물 상자를 무척이나 수상하다는 듯이 가리켰다.

"……페이 군, 이게 뭐야?"

"제 선물이에요. 유적도시 엔쥬의 유적 쿠키."

"그럼 이건?"

"제가 드리는 유적 카스테라예요오."

"……이건?"

"그건 나다. 사무장 공께 꼭 이 유적 초콜릿을 드리고 싶어서."

"전부 유적이잖아……."

미란다 사무장이 한숨을 쉬었다.

참고로 테이블에는 두 상자가 더 있었는데, 레셰의 선물인 「유적 전병」과 우로보로스의 선물인 「유적 칩스」였다.

"소문으로 들었지만 그 이상으로 아무것도 없는 도시라는 건 알겠네."

"사무장님은 가신 적 없나요?"

"응. 그래서 카이오스 군이 그런 한적한 도시에 이사했다는 걸 알고서 놀랐지."

벌써 유적 쿠키의 상자를 여는 미란다 사무장.

돌기둥 모양의 쿠키를 무척이나 아쉬운 듯이 바라본 뒤 입에 넣고서.

"흠. 맛은 설탕하고…… 읍?! 뭐야, 쓰잖아!? 페이 군, 이건?!"

"재예요. 유적도시에 쌓인 화산재가 들어 있거든요."

"……가능하면 다음엔 되도록 기발하지 않은 맛의 선물로 골라줘."

쿠키 상자를 덮은 미란다 사무장.

"남은 건 전부 부하들한테 줄까."

살짝 작은 목소리로 중얼거린 것이 들린 것 같지만.

"정말 놀랍다니까. 정말로 **유적 말고는 아무것도 없다니.** 케이오스 군은 어째서 그런 도시에 이사한 걸까?"

그거다.

페이도 열차 안에서 계속 생각했다.

……케이오스 선배의 목적은 그 유적 이외엔 후보가 없어.

……고대 마법 문명의 유적이야.

그렇다면.

케이오스가 다른 도시로 이사한 것은 그의 목적인 조사가 끝났기 때문일까?

……케이오스 선배는 어디로 간 거지?

……유적도시에서 목적을 이뤘다면 보통은 루인으로 돌아오지 않나?

그러나 케이오스는 돌아오지 않았다.

유적도시 엔쥬에서 어떤 조사를 마친 후 그는 어디로 갔을까.

"참고로, 페이 군."

사무장이 책상 끄트머리에 걸터앉았다.

시답잖은 잡담이라도 하려는 듯이 편안한 모습으로.

"케이오스 군을 계속 찾을 생각이야?"

"……."

"음? 떨떠름한 표정이네."

얼굴에 드러난 모양이다.

재밌어하는 미란다 사무장에게 페이는 일부러 한숨을 쉬어 보였다.

"……실은 그만둘까 해요."

"어머? 의외의 대답이네."

"아무래도 전 사람을 찾는 운이 없는 것 같아서요. 몇십일을 써도 찾지 못할 것 같거든요……."

전례가 있다.

애초에 「붉은 머리 누나」를 반년간 찾은 결과, 아무런 단서도 얻지 못한 채 루인으로 돌아왔을 정도니까.

"아, 그렇구나. 페이 군은 현실 운이 통 없으니까."

감탄하는 미란다 사무장.

"그럼 알겠어. 단서 없이 케이오스 군을 찾는 건 포기한단 말이지? 그 대신……."

"네! 신비법원 본부로 갈 거예요!"

기다렸다는 듯이 펄이 손을 번쩍 들었다.

"미궁 루셰이메어의 수수께끼가 아직 남았어요. **대체 누가** 전 세계의 사도들을 그 미궁에 모았는지가!"

그렇다.

우로보로스의 말에 따르면 그 사건에는 신의 장난이 관여했었다.

조작이 있었던 것은 신안 렌즈.

『이 녀석이 장난의 원흉이지.』

『미궁에 모인 인간은 전원이 이걸 갖고 있었지? 이 렌즈는 신의 목줄. 목줄의 사슬을 당겨 인간들을 루셰이메어로 불러들일 수 있어.』

개 목걸이를 잡아당기듯.

신안 렌즈라는 이름의 목줄을 단 사도가 전 세계에서 미궁으로 모이게 됐다.

이 렌즈를 배포한 곳이 바로 본부.

……문제는 본부의 **누가**, **어떤 의도로** 그런 짓을 했는가야.

……이런 세계 규모의 현상은 인간이 할 수 있는 범주를 아득히 넘어섰어.

범인은 **신들**.

『어떤 신이 있어. 그것도 여럿이.』

신화도시 헤케트 셰에라자드.

신이 넷 존재한다.

여기까지는 우로보로스의 탐지로 판명됐다. 그러니 본부로 가는 것이다.

"……하긴, 신경 쓰이지."

사무장이 손바닥을 이마에 얹고서.

"예를 들면 말이지? 미궁의 그 사건도 신에겐 악의 없는 장난이거나 인사였을지도 몰라. 하지만 우리 인간에겐 신의 장난은 너무 가혹해. 신비법원으로서는 그런 일이 또 생기면 곤란하지."

그야말로 정론.

페이도 사무장의 말에 이론은 없다. 다만 한 가지.

……아니야.

……미궁 루셰이메어 사건은 장난이나 인사 같은 게 아니야.

확연한 고의.

그것도 상당한 각오를 한 신의 **범행**이라는 것이 페이의 추측이다.

『저는 인간도, 이 세계도, 신들도 모두 사랑합니다. 사랑하기에 지키고 싶어요. 그렇기에 신들의 놀이는 존재해선 안 됩니다.』

빛이 없는 엘리먼츠에서.

정체불명의 신이 그렇게 말했다. 미궁 루셰이메어의 흑막으로 여겨지는 신이.

……그런 말을 듣고 신경 쓰이지 않을 녀석이 어디 있겠어.

……그건 무슨 의미였던 거지?

신의 정체도 목적도.

페이는 그저 순수하게 알고 싶었다. 그것이 결과적으로 미란다 사무장의 목적과 일치했다고 해야 할 것이다.

"나도 사무장 공에게 한 가지 묻고 싶은 게 있다만……."

소파에 무릎을 꿇어앉은 넬이 자세를 바르게 하고 말을

이었다.

"본부와 지부의 회의가 있었다고 들었다. 거기서는 신안 렌즈의 조작 증거를 제시할 수 없었다고……."

"응. 증거 불충분."

사무장이 담백하게 끄덕이고서.

"중요한 우로보로스 님이 귀찮아하셔서 회의에 참여하지 않으셨거든. 덕분에 아무도 신안 렌즈의 장치를 입증할 수 없었어. 본부의 용의도 어중간한 채야. ……하고 싶은 말은 알아. 이런 상황에선 본부에 돌입해 조사한다는 대의명분이 성립되지 않는다는 거지? 넬 군은 정말로 머리가 론스달라이트 같다니까."

"론스달라이트?!"

"머리가 굳었다는 거지. 참고로 다이아몬드보다 단단하다고 해. 토막 상식이야."

사무장의 손가락이 모니터를 건드렸다.

그와 동시에 페이 일행이 앉은 소파 앞에서 거대 스크린이 기동했다. 그곳에 비친 것은 하늘을 나는 도시의 영상이었다.

"신화도시 헤케트 셰에라자드에 가는 건 관광 목적이라도 괜찮아. 너희는 신들의 놀이에서 열심히 싸웠잖아? 휴식이라고 하면 아무도 불만을 늘어놓지 않을 거야."

"……과, 과연."

"나로서는 너희에게 맡기고 싶은 심정도 있지만……. 음~ 어쩔 수 없네."

미란다 사무장이 기지개를 켰다.

두 손을 하늘을 향해 쭉 뻗고서 뭉친 어깨를 풀면서.

"이번엔 나도 같이 가줄게."

"아니?! 사무장님이 직접?!"

"그렇지 뭐. 이번 일은 사무적인 부분도 있으니 너희에게만 맡길 수는 없고, 본부와 교류하려면 사무원이 함께 있는 편이 좋잖아?"

"사무장님!"

무척이나 감동한 펄이 미란다 사무장의 손을 강하게 잡았다.

"제가 오해했어요! 사무장님은 저희에게 맡기기만 하는 사람인 줄 알았는데, 제대로 인간의 피가 흐르셨군요?!"

"하하하. 나한테 맡기렴, 펄 군."

펄의 손을 맞잡는 사무장.

"나도 최근에 사무 일만 하느라 조금 질렸거든. 마침 기분 전환하고 휴가를 보내기에 좋은 기회야. 본부가 있는 신화도시는 유명한 팬케이크 가게도 있다고 하니까."

"제 감동 돌려주세요오!"

"어쨌든 구실은 내가 생각해둘게. 정해졌으니, 일정을 조정해야겠네. 내가 유급 휴가를 낼 수 있는 날이어야 하

니까 출발은 모레…… 아…….”

거기까지 말하고서.

미란다 사무장이 뭔가 떠오른 듯이 고개를 위로 들었다.

“……맞다, 모레엔 의원 회의가 있었지. 그럼 주말은……
아니, 주말은 루인 지부의 예산 편성이…… 그렇다면 다음
달도 마찬가지일 테니까…… 출발은…….”

모니터에 떠오른 스케줄표.

오늘과 내일, 그리고 그 이후로도 전부 분 단위로 예정
이 적힌 화면을 계속해서 아래로 내리다가.

“페이 군.”

“네.”

“내가 유급 휴가를 쓸 수 있는 건 2년 후 여름인데.”

“그건 좀.”

“……그렇겠지? 뭐, 어떻게든 해볼게…… 죽을 기세로 잔
업하면…… 하아.”

울 것 같은 목소리로 그렇게 중얼거리고서.

미란다 사무장은 힘없이 어깨를 늘어뜨렸다.

3

신비법원 빌딩 17층.

레셰의 방은 손님용 층인 특별고문실이었다.

"……쇠뿔도 단김에 뺀다더니."

응접실을 겸한 거실.

트럼프와 다트, 룰렛 등 다양한 놀이 도구가 굴러다니는 방에서 페이는 통신기를 주머니에 넣었다.

"사무장님이 억지로 다음 주에 휴가를 잡았대. 우리는 그때까지 대기야."

"……대기라면?"

"그야 우리가 할 건 게임이지."

페이와 펄이 그런 말을 주고받는 앞에서.

"호오? 이게 『전생 게임』인가. 인생에서 벌어지는 이벤트가 칸마다 그려져 있어서 거길 통과해 골인 지점으로 가는 거구나."

우로보로스가 흥미진진하게 주사위를 굴렸다.

나온 숫자는 6.

테이블에 펼친 게임판 위로 그 눈의 숫자만큼 말을 옮겼다.

"오, 월급날 칸에 멈췄네. 어디, 어디? 자신의 직업에 따른 급여를 받을 수 있다는 거군. 나는 무패니까 1억 골드 정도는 받아야……."

"뭐 하는 거예요?!"

"기다려다오, 무패 공!"

펄과 넬이 지폐(가짜)를 움켜쥔 우로보로스를 말린다.

"무패라는 직업은 없다고요!"

"무패 공은 일반 회사원이니 1만 골드로군. 이 지폐 한 장이다."

"으……."

지폐 다발을 몰수당한 우로보로스가 시무룩한 표정이 됐다.

"하지만 가슴이가 「정치가」고 엉덩이가 「사장」. 둘 다 나보다 급여가 많잖아!"

"이직 칸에 멈추면 돼요."

"그렇다. 우리보다 많은 급여를 받을 수 있는 「아이돌」이 될 수도 있지."

"될 거야! 나는 노래하고 춤추는 신님 아이돌이 되겠어!"

눈이 반짝이는 우로보로스.

어째서인지 인간 세계의 인기인이 되겠다고 말했는데, 펄과 넬, 그리고 페이도 구체적인 내용을 물어볼 생각은 들지 않았다.

"다음은 인간이 차례다."

"음, 내 칸은 3이고…… 아! 「당신 집에 도둑이 들었다. 자산의 절반을 잃었다」. 뭐, 됐어. 그보다 우로보로스."

"응?"

"미란다 사무장님이 궁금해하셨어. 우리는 본부가 있는 도시에 갈건데, 넌 어쩔건지 알려달래."

"호오? 내가 같이 갔으면 좋겠다는 건가?"

전생 게임의 칸을 가만히 바라보면서 우로보로스가 곁눈질로 바라보았다.

정말 신다운 자신만만한 미소로.

"나는 인기가 많으니 말이야. 전생 게임에선 회사원이지만 현실에선 아이돌이니까."

"……언제부터 아이돌이었는지 모르겠지만. 어쨌든 정체불명의 신이 두 번이나 방해해서 화냈었잖아?"

미궁 루셰이메어의 강제 퇴장이 첫 번째.

두 번째가 그 후에 거신상에 다이브할 때다. 페이 일행이 신수의 숲에 돌입할 때 혼자만 튕겨지자 또 자기만 들어가지 못했다고 화를 냈었다.

"일일이 기억하지 않아."

정작 우로보로스는 생글생글 웃으며 게임판을 바라볼 뿐이었다.

"유희야말로 모든 것. 화내는 것보다 노는 게 더 즐겁잖아."

"……그건 그렇지."

"난 진리에 도달했다. 화내고 먹는 피자보다 게임하며 먹는 피자가 더 맛있…… 오?!"

우로보로스가 다시 굴린 주사위.

그 눈을 따라 나아간 칸에는 커다란 글자로 「결혼」이라 쓰여 있었다.

"어디 보자, 제일 가까운 칸에 있는 플레이어와 결혼. 나와 제일 가까운 건 뒤에 있는……! 인간이! 인간이잖아?!"

우로보로스가 돌아보았다.

어째서인지 기다렸다는 듯한 큰 목소리로.

"인간이와 내가 결혼한다!"

"어? 아니 뭐, 뻔한 게임의 이벤트니까."

전생 게임의 유명 이벤트 중 하나.

페이 일행은 몇 번이고 즐겼으니 익숙하지만, 처음 경험하는 우로보로스는.

"어, 어어어, 어쩌지?! 검은 옷밖에 없는데. 이럴 땐 티 없이 새하얀 옷을 입는다고 들었는데!"

"엄청 동요하잖아?! 아니, 진정해."

이건 놀이다.

페이가 그렇게 말하려던 순간.

"하하하, 우로보로스 씨도 참. 괜찮아요. 이건 단순한 놀이니까요. 놀이."

펄의 여유로운 미소.

당황하는 우로보로스와는 대조적으로 침착한, 어른의 여유조차 느껴지는 말투로 말을 이었다.

"진심으로 여기지 않아도 돼요. 그렇죠? 넬 씨, 레셰 씨."

"음. 무패 공답지 않은 착각이군."

"그래. 결혼 칸에 멈춘 정도로 당황하긴."

얼굴을 마주한 펄, 넬, 레셰.

전생 게임을 잔뜩 즐긴 숙련자의 여유로운 미소로 지켜 보고 있었는데.

"응? 또 새로운 칸이다."

우로보로스가 다시 주사위를 굴렸을 때 세 소녀의 눈빛 이 달라졌다.

그건 귀여운 갓난아이가 그려진 칸.

"……호오, 아이? 그러니까 나와 인간이의……."

『잠까아아아안!』

"어?! 뭐, 뭐냐, 엉덩아, 가슴아, 용아! 셋 다 내 차례에 무슨…… 으앗?!"

들이닥치는 세 사람.

넘어진 우로보로스 위로 차례차례 올라타는 것이 아닌가.

"지금이야!"

"놔, 놔라, 용아! 난 그저 인간이와 따뜻한 가정을…… 으읍?!"

레셰에게 붙들린 우로보로스.

그 입을 향해 넬과 펄이 식빵을 쑤셔 넣어 말을 못 하게 했다.

이로써 전생 게임 중단.

"……어휴. 대체 뭐야."

우로보로스는 잼을 바른 식빵을 먹으며 불만을 늘어놓았다.

"모처럼 나와 인간이의 행복한 결혼 생활을 시작하려 했는데.”

“안 돼요!”

반박한 것은 마찬가지로 잼이 발린 빵을 먹던 펄이었다.

“인간과 신이 결혼하다니! 게다가 아이까지 낳는 건 말도 안 돼요! 인간과 신의 혼혈이잖아요!”

“그렇게 놀랄 일이냐? 가슴아.”

이에 우로보로스는 왜 그리 놀라냐는 얼굴이었다.

발라당 바닥에 드러누우며.

“신들의 놀이에서 10승을 하는 것도 비슷한 이야기지. **인간이 신이 되는 것도 가능한** 이상, 혼혈 아이가 있어도 이상하지 않아.”

“……어?”

“음?”

“뭐라고?”

펄이, 넬이, 그리고 페이가.

거실에서 쉬고 있던 세 사람이 거의 동시에 말했다.

“무패 공?!”

넬이 소파에서 벌떡 일어났다.

“방금 이야기는 무슨 뜻이지?! 신들의 놀이에서 10승 하는 것, 그리고 인간과 신의…… 그게…… 혼혈이라든가…….”

“당연히 말 그대로의 의미지, 엉덩아.”

바닥에 누운 우로보로스가 정말이지 유유자적한 말투로.

"신들의 놀이에서 10승 하면 클리어. 포상을 받을 수 있어."

"……거기까진 나도 알고 있다만."

"어라?"

우로보로스가 훌쩍 일어났다.

"엉덩아. 거기까지 알면서 중요한 내용을 모르는 거야? 클리어하면 받을 수 있는 포상은 말이지."

신의 영광^{세레브레이션}…… 즉, 신이 될 수 있는 권리가 주어진다.

신들에게 10승을 거둔 인간은 전지전능한 신들의 동료가 된다.

다시 말해, **신이 된다.**

"……."

"……."

"……."

셋이 모두 말을 멈추고 진지한 무표정으로 얼굴을 마주 보았다.

"……페이 씨."

침묵에 휩싸인 방에 펄의 혼잣말에 가까운 속삭임이 울렸다.

"페이 씨는 **그거,** 알고 있었어요?"

"……설마."

인류는 신들의 놀이를 공략하지 못했다.

신의 영광이 무엇인지 완벽히 아는 사람은 없다. 없는 것이 당연하다. 다만 예로부터 알려진 것은 『원하는 소원을 이루어준다』는 정말 편리한 소문이다.

다만 페이는 레셰에게 물었던 적이 있다.

그때 들었던 내용은.

『소문이 대충 맞아. 신이 한 가지 소원을 이뤄준다는 거 말이야.』

『완벽한 정답도 아니라는 거지?』

『소원을 한 가지만이 아니라 백 가지든 천 가지든 원하는 만큼.』

그것은 부차적인 대답이었다.

페이는 그때 「무한히 소원을 이룰 수 있다」는 것이 신의 영광이라고 착각했다.

신의 영광의 본체는, 전지전능한 신이 되는 것.

그것이 바로 핵심이고 『원하는 소원을 원하는 만큼』은 만능의 신이 되는 것으로 이루어지는 부차적인 포상에 불과했다.

……그런 거였나.

……레셰의 소원은 **신으로 돌아가는 것**. 그쪽이 핵심이라는 거군.

  레셰는 숨기지 않았다.

  오히려 무엇보다 명확하게 진짜 포상을 알려주었다. 착각한 것은 자신. 참고로 레셰는 샤워하는 중이다.

  "……그렇다고는 하지만."

  "응? 왜 그러냐, 인간아. 그렇게 떨떠름한 표정을 하다니."

  "……으음."

  "가슴아? 뭘 고민하는 거냐?"

  "……고민되는군."

  "엉덩아, 너까지 팔짱을? 왜 그러는 거냐?"

  우로보로스가 알 수 없다는 듯이 고개를 갸웃했다.

  세 사람이 왜 이렇게 미간을 찌푸리고 있는지…… **전지전능한 신이기에** 이해할 수 없는 것이 분명하다.

  그러나 페이는 물론 펄과 넬의 심경은 마찬가지였다.

  불완전한 인간이기에.

  「소원을 이루는 것」이 쉽지 않은 존재이기에, 소원을 이루기 위해 최선을 다하는 법이다.

  "말해봐라, 인간아!"

  "아니, 우리에게도 나쁜 이야기가 아니라는 건 알겠는데……."

  이해하지 못하는 우로보로스에게 페이가 쓴웃음을 지으

며 대답했다.

"뭐랄까, 쭉 살아온 집이 있는데 갑자기 초호화 아파트를 준다는 말을 들은 느낌이랄까? 우리에겐 이미 애착이 있는 집이 있는데……."

"아, 저도 동감이에요!"

"음. 나도 딱히 신이 되기보다는 소원 하나를 이룰 수 있는 것만으로 충분하다고 생각했다……."

차례차례 고개를 끄덕이는 페이, 펄, 넬. 그리고.

그 세 사람 뒤에서 콧노래와 함께 발소리가 들렸다.

"딱히 아무래도 상관없어."

시원한 탱크톱 차림의 레셰.

살며시 상기된 뺨 위로 물기를 머금은 주홍색 머리카락을 수건으로 닦으며.

"10승을 해서 신이 되는 거지? 그럼 원하는 소원을 이룬 다음 인간으로 돌아가면 돼. 나를 보면 알 수 있잖아?"

신이었던 레셰의 소원은 신으로 돌아가는 것.

다시 말해 신에서 인간으로, 다시 인간에서 신이 되는 것인데, 페이 일행은 그 반대. 인간에서 신으로, 다시 신에서 인간으로 돌아가면 된다. 레셰라는 실제 사례도 있다.

"그, 그렇군."

넬이 생각에 잠기듯 고개를 끄덕였다.

"……아직 저항감은 있지만 돌아올 수만 있다면…… 어

때? 펄."

"저, 저도 뭐…… 그걸 알게 됐으니 마음의 준비가 됐다고나 할까요……."

"그런 거지! 그럼 이 이야기는 끝!"

우로보로스가 힘차게 주사위를 잡았다.

그리고 전생 게임의 말을 집고서.

"전생 게임 계속하자! 음, 내가 아이 칸에서 멈췄으니까 인간이와 행복한 가정을……."

『그러니까 잠까아아아안!』

"뭐, 뭐냐?! 이건 놀이인데?!"

아이 칸으로 나아가려는 우로보로스는 눈에 핏발이 선 세 소녀에게 다시 붙들리고 말았다.

결론, 다른 놀이를 하자.

테이블 위에 쌓인 보드게임 중에 다음엔 무엇을 즐길까.

"이건 어떠냐?"

"이건 유행하던 살인 미스터리예요."

"음. 다 함께 살인범을 추리하는 놀이지."

게임을 고르는 중인 우로보로스와 펄과 넬.

그런 세 사람을 방에 남겨두고 페이와 레셰는 17층의 휴게실에 서 있었다.

자판기 앞이었다.

"저기, 페이는 어떤 거 마실래? 사이다? 진저에일?"

"요구르트."

"이미 사이다 샀어."

"물어볼 필요 있었어?!"

"아니, 그럴 것 같았거든. 그러니까 받아!"

레셰가 음료수 캔을 떠넘겼다.

물론 사이다였지만 어쩔 수 없이 받아 들고서.

"그러고 보니 레셰."

"왜?"

"아까 우로보로스가 한 말, 솔직히 놀랐어. 나도 멋대로 착각했고."

캔을 땄다.

그러자 푸쉭 소리와 함께 가득했던 탄산 가스가 빠지는 소리가 울렸다.

"레셰가 말했던 10승의 포상, 그런 의미였구나. 신이 생각하는 포상은 스케일이 크네."

"내 설명하고 다를 건 없잖아?"

"……꽤 다르다고."

레셰가 히죽 웃었다.

어쩌면 처음 만났을 때부터 이전 신이었던 여성의 머릿속에는 이렇게 깜짝 놀라는 페이의 모습을 어렴풋이 떠올렸는지도 모른다.

"난 솔직히 신이 되지 않아도 괜찮은 것 같은데."

"응."

"반대로 레셰는 신으로 돌아가고 싶잖아? **신으로 돌아가서 뭘 하고 싶은 거야?**"

"……."

주홍색 머리카락의 신이었던 그녀가 가만히 입을 다물었다.

진지한 얼굴인지 무표정인지 알 수 없는 얼굴로 고개를 들고서.

"……그렇구나. 아직 말한 적이 없었구나."

장엄.

살짝 속삭인 말에는 신에 어울리는 힘이 담겨 있었다.

"내가 신들의 놀이를 맡은 신이었던 시대, **그 이전**……."

용신 레오레셰의 시대라면 고대 마법 문명 시절일 것이다.

하지만 그보다 더 전이라면?

"전생이라고 하면 될까? 하지만 방금 게임처럼 전생했다거나 다시 태어난 게 아니라, 나는 나였어. 하지만 **이 세계에 오기 전**의 나는 지금의 나와는 상당히 달랐어."

"응?"

이 세계에 오기 전.

마치 다른 세계에서 왔다는 듯한 표현이다.

"신이 되기 전에도 나는 용이었어. 하지만 지금의 나와는 달랐지. 의외라고 생각하겠지만…… 사실 난 말괄량이 용이었거든."

"딱히 의외가 아닌데."

"뭐?!"

아무것도 달라지지 않았잖아.

그렇게 말하고 싶은 충동을 억누르면서 페이가 말을 이으려 한 순간.

"Calra -l- Bediws Leo Lecie."
칼라 르 베디우스 레오 레셰

"……암호야?"

"그때의 내 이름. 그때는…… 지금처럼 레오레셰나 레셰가 아닌 칼라라고 불렸어."

레셰의 아련한 쓴웃음.

항상 활짝 웃는 그녀가 쉽게 보여주지 않는 쓴웃음으로.

"이 이름의 의미는 『슬픈 적병(赤病)의 겨울 공주』."

"심하잖아?!"

"맞아. 나쁜 용이니까. 그 시절의 난 훨씬 젊고 거칠어서…… 제정신이 아니어서…… 하지만 그때 눈앞이…… 이렇게…… 새하얗게…… 아니, 무지갯빛으로 휩싸여서…… 그 이후 정신을 차렸을 때, 이쪽 세계의 신이 된 거야."

오렌지 음료수를 살짝 흔들며.

"정말 멋진 세계라고 생각했어. **이쪽 세계는 전쟁이 없어**. 신과 인간이 같이 유희를 즐길 수 있다니 말이야."

"······."

"아, 싸움에서 해방됐구나······ 싶었어. **여기는 놀이가 허락된 세계야.** 분명 여긴 괴로움이 끝난 후의『포상』의 세계라고 생각했어."

레세가 돌아보았다.

과거를 회상하던 그늘진 표정을 지우고 기쁜 듯 미소 짓는 얼굴로.

"난 이 세계가 좋아. 신으로 돌아가고 싶은 이유도 마찬가지. 신으로 돌아가 더 많은 유희를 즐기고 싶어. 그것뿐이야."

그것을 뛰어넘는 바람은 없다.

그렇게 말하려는 듯한 환한 미소로 주홍색 머리카락의 소녀는 그렇게 단언했다.

"······뼛속까지 플레이어네."

"그거야!"

"뭐가?"

"왜, 전에 얘기했잖아? 난 인간과 술래잡기하다 호수 밑바닥에 숨었는데······."

"아, 기다리다 지쳐서 잠들었다는 얘기 말이지."

과도하게 늦잠 잤다.

3천 년이나 늦잠을 자서 현대에 이르렀다고 했다.

"결국 내가 자는 동안 고대 마법 문명은 사라졌고."

레셰가 한숨을 쉬었다.

"이 시대에 눈을 뜨고 그게 제일 깜짝 놀란 일이야."

"……고대 마법 문명이라."

우연일까?

돌이켜보면 페이의 옛 팀의 리더인 케이오스가 무언가를 조사한 곳은 유적도시 엔쥬. 고대 마법 문명의 유적이 있는 곳이다.

"레셰는 자신이 잠든 사이에 고대 마법 문명에 무슨 일이 일어났는지 궁금하지 않아?"

"궁금하지."

푸슉, 캔을 딴 레셰.

"하지만 더는 조사할 게 없는걸. 페이와 만나기 전이지만 미란다에게 부탁해 모든 자료를 모았었으니까."

"……고대 마법 문명에 관해선 알 수 없었어?"

"하지만 이제 괜찮아."

레셰가 끄덕였다.

그것은 마치 레셰 자신에게 들려주려는 듯한 행동이었다.

"다시 신이 되면 해결되니까."

"그건 그래."

신은 전지전능. 레셰가 신으로 돌아가면 고대 마법 문명에 관련된 사건도 뛰어난 지각 능력으로 알아낼 수 있을 것이다.

"그리고 페이의 소원은 페이가 신이 되지 않아도 돼. 나 혼자 신이 돼도 이뤄줄 수 있으니까."

살며시 미소 지은 레셰가 캔을 앞으로 내밀었다.

건배.

그 캔에 페이도 캔의 모서리를 살며시 부딪쳤다.

"『빨간 머리 누나』라고 했던가? 페이에게 유희를 알려준 누나를 찾겠다면서?"

"물론. 여기까지 왔으니까."

이쪽을 올려다보는 레셰에게 페이는 힘을 주어 끄덕였다.

"최선을 다해 도전할 거야. 신들의 놀이 클리어를 위해."

현재 7승.

아무도 도달하지 못한 10승까지, 앞으로 3승.

Intermission   지나치게 한가한 신

이 세계는 때때로 인간에게 가혹하다.

약 2퍼센트.

대륙에서 인류의 모든 도시를 합친 면적 비율이다.

나머지 98퍼센트는 비경. 공룡이라 불리는 거대 원생생물이 활보하는 초원. 인간이 한 시간도 버티지 못하고 쓰러지는 작열의 모래 지옥.

그렇기에 인간은 개척한다.

신들로부터 받은 어라이즈를 활용해 현실의 길을 개척한다.

맹독 습지대를. 불타는 화산 지대를. 험준한 밀림을.

하지만.

그런 인류의 도전을 가로막는 벽이 가혹한 대자연이다.

"퇴각한다!"

"……틀렸습니다, 대장! 포위됐어요, 렉스에게!"

태풍의 산봉우리 그라샤라 풀스.

전인미답의 절벽에 도전한 개척팀은 몰아치는 태풍에 휩싸여 퇴각. 그러나 사나운 렉스들이 그 귀로를 막아섰다.

"마법사 부대! 쏴라! 저 덩치들의 접근을 막아!"

"하, 하고 있어요! 하지만…… 맞지 않아요!"

이 육식 짐승은 **마법을 피한다.**

개척팀이 이 산을 반복해서 찾을 때마다 렉스들도 학습한다.

불덩어리도, 얼음 기둥도, 번개도.

렉스가 말보다 강인한 각력으로 도약할 때마다 계속해서 마법이 허공을 갈랐다.

"말도 안 돼!"

"저, 접근을 막을 수! ……으아아아아아?!"

비명.

끈적하게 빛나는 주둥이를 벌린 렉스가 대원들을 향해 달려들었고.

그 렉스가 **들렸다.**

인간을 덮치려 한 렉스가 공중으로 떠올랐다.

새끼고양이처럼 가볍게.

목덜미를 붙들린 채 손발을 버둥거리며 저항하지만 벗어날 수 없었다.

"……어?"

"……무슨, 어? ……이, 이건 대체……."

다리에 힘이 풀린 개척팀이 올려다보는 앞에서 렉스가

절벽 아래로 던져졌다.

휙휙. 마치 쓰레기를 버리듯이.

하나를 던지고, 다시 하나를 집어던지고. 인간을 포위하던 렉스 무리가 순식간에 절벽 아래로 떨어졌다.

"……말도 안 돼."

휘청이며 힘없이 주저앉은 여자 대원.

그녀가 올려다본 곳에는 한 신이 있었다. 사도였다면 누구나 신비법원의 데이터베이스에서 한 번은 봤을 것이다.

고층 빌딩에 필적하는 용암색 거인.

대지의 현인, 거신 타이탄이 자신들을 내려다보고 있었다.

"타이탄?!"

"여긴 엘리먼츠가 아닌데?! 어, 어째서 신이 인간 세계에……?!"

신은 움직이지 않았다.

발밑의 인간들을 가만히 바라볼 뿐.

"저, 저기……."

『…….』

순간.

거신 타이탄이 폭발했다.

온몸을 구성한 용암색 바위가 마치 풍선이 부풀어 터지듯 수많은 파편이 되어 파열됐다.

"으앗?!"

"저, 전원 퇴각!"

쏟아지는 거대한 바위.

깔리지 않도록 개척팀이 도망치려 한 그 순간.

"잠깐."

굳건하면서도 밝은 목소리와 함께 거친 바위 위로 한 여성이 내려왔다.

"놀라게 해서 미안했어. 잠깐 묻고 싶은 게 있는데."

용암색 긴 머리를 뒤로 묶은 여자였다.

신장은 180센티를 가볍게 넘긴 정도. 그리고 화려한 색상의 기모노 차림에 대범하게 벌어진 앞섶을 통해 훌륭한 몸매가 보였다.

그런 그녀가 겁에 질린 인간들에게 손짓하고는.

"응? 내가 많이 놀라게 했나?"

어리둥절하게 눈을 깜박였다.

"아, 그렇군. 스피리추얼은 처음인가?"

"스피리추얼?!"

그 자리의 개척팀 모두의 눈이 휘둥그레졌다.

어렴풋이 느끼고는 있었으리라.

거신 타이탄과 같은 용암색 긴 머리를 한 여성이 그 거신이라는 것을.

"······시, 실례했습니다. 개척팀 대장, 바하라고 합니다!"

장년 남성이 헛기침 후 말을 이었다.

"타이탄 님이 맞으십니까······?"

"응? 그래. 잘 아네."

"여, 역시! 위기에서 구해주셔서 감사합니다!"

"응?"

"······네?"

"위기라니, 무슨 일 있었어?"

"어······ 하지만 저희가······ 렉스에게 습격당하던 참에······ 구해주신 것 아닌가요?"

"······그렇군."

턱에 손을 가져간 거신 타이탄이 몰랐다는 듯이 끄덕였다.

"난 술래잡기하는 줄 알았는데."

"······."

"노는 걸 방해해서 미안한데 싶으면서도 끼어들었는데, 결과적으론 다행이었네."

"······그, 그렇습니다."

상황을 보는 규모가 너무나도 다르다.

렉스로부터 필사적으로 도망치던 것이 신의 시점에서는 술래잡기로 보인 모양이었다.

"그런데 너희한테 물어보고 싶은 게 있는데."

"마, 말씀하시죠!"

꿈에도 몰랐던 신의 질문이다. 대체 어떤 진귀한 질문이…… 개척팀 모두가 숨을 죽인 가운데, 타이탄이 왼손 소매 안에서 무언가를 꺼냈다.

세계 지도에서 손으로 그린 ☆마크로 표시된 도시를 가리키며.

"성천도시 마르 라가 어디야?"

"……마르 라 말씀인가요?"

"응. 마침 인간 세계를 좀 관광하고 싶었거든. 거긴 발전이 잘된 곳이고 흥미로운 인간이 있다고 들었어."

"……성천도시 마르 라는……."

"응."

"……성천도시 마르 라는요……."

개척팀 대장인 바하는 조심스럽게 산등성이 너머를 가리켰다.

"저쪽입니다."

"흠? 저 산 너머에 있단 말이지?"

"아니요. 산 너머의 대수해를 빠져나가고 바다를 건넌 곳에 펼쳐진 사막 너머입니다."

"응?"

멍하니 입을 반쯤 연 타이탄.

"말도 안 돼. 난 제대로 지도를 보고 왔는데."

"……송구하지만 타이탄 님께선 지도를 거꾸로 보셔서

반대 방향으로 오신⋯⋯."

"실례했어!"

거신 타이탄이 몸을 돌렸다.

절벽 위(인류가 도달하지 못한)를 그야말로 신의 속도로 고작 몇 걸음 만에 뛰어오른 신은 눈 깜짝할 사이에 산 너머로 사라졌다.

Player.2   무패인 나와 무승부를 거두다니!

1

『화연(花宴)도시 에알리스 행 특급 열차, 곧 발차합니다.』

비적도시 루인, 중앙역.

은색으로 빛나는 특급 열차가 멈춘 플랫폼에서 미란다 사무장의 성난 목소리가 울렸다.

"펠 군, 서둘러. 이 열차를 놓치면 끝이야!"

"달려, 펠!"

"달려야지, 펠!"

"달려야 한다, 펠!"

"너무 늦잖아, 가슴아!"

"제가 잘못한 게 아니라고요오오오오오오!"

묵직한 여행 가방을 든 펠이 숨을 헐떡이며 달려왔다.

참고로 펠 이외의 모두는 이미 열차 객실 안에서 우아하게 쉬는 중이었다.

"애초에 사무장님이 발차 시각을 1시간이나 틀리는 바람에…… 아니, 왜 그렇게 여유로워요?! 지금은 열심히 달리는 저를 응원할 때잖아요?!"

플랫폼에 도착한 펄.

전속력으로 개찰구를 지나 페이 일행이 기다리는 특급 열차 앞에 도달했다.

"오래 기다렸습니다, 여러분! 주역은 원래 늦게 오는 법이에요! 제가 드디어……."

그 순간.

열차에 타려던 펄의 눈앞에서.

『특급 열차, 출발합니다.』

철커덩.

펄의 눈앞에서 열차 문이 매정하게 닫혔다.

『……잘 있어, 펄.』

"작별 인사를 할 때가 아니라고요오오오오!"

텔레포트.

열차 밖에 있던 펄의 모습이 사라진 뒤, 객실에서 쉬던 페이 일행의 눈앞에 나타났다.

"……하아 ……하아, 이, 이제…… 못 움직이겠어요……."

"열차에 타서 다행이야."

사무장이 얼버무리듯 웃었다.

그 손에 든 마시던 중인 맥주캔을 보면, 벌써부터 여행 기분을 만끽하는 중이었다.

"본부가 있는 신화도시 헤케트 셰에라자드까지는 여정이

길고 이 열차도 직행이 아니라 경유지까지니까 열차를 놓쳤으면 큰일 날 뻔했어."

"……그렇게 중요한 열차라면 집합 시간을 틀리지 말아 주세요……."

"그나저나 나도 이렇게 멀리 나가는 건 처음이다."

대륙 지도를 펼친 넬.

이곳 비적도시 루인에서 대륙 철도 노선이 아득히 먼 곳까지 뻗어있다. 헤케트 셰에라자드는 이 철도를 갈아타야만 갈 수 있다.

"산소 농도가 낮은 고산 지대를 지나는 데다가 그 너머는 황야…… 이 철도 노선의 일부는 렉스의 구역과도 겹치는 것처럼 보인다만."

"어머, 넬 군. 잘 알아차렸네."

벌써 맥주 한 캔을 비운 사무장.

거의 단번에 마신 것 같은 속도였지만 얼굴빛은 전혀 변하지 않았다.

"이 철도에서 말이지, 나도 야생 렉스를 몇 번인가 봤었어. 한 마리가 아니라 집단이라 박력이 굉장했지. 마치 렉스 동물원 안을 지나는 기분이었다니까."

"그거 위험한 거 아닌가요?!"

"침착해, 펄 군. 자, 이 감자칩 좀 먹어봐."

얼굴이 창백해진 펄 앞에서 여유를 보이는 미란다 사무장.

"동물원이라고 했지? 대륙 철도의 노선에는 짐승을 쫓는 장치가 잘 갖춰져 있어. 안전한 차내에서 렉스를 바라볼 뿐인 관광이야."

그 사무장이 페이를 힐끔 바라보며.

"우리는 어디까지나 **여행**. 다만 솔직히 말해서 헤케트 셰에라자드에 들어간 순간, 우리는 큰 소동에 휘말릴 거야. 내가 아니라 페이 군이. 신들의 놀이에서 연전연승을 거뒀으니 이제 신비법원에서는 모르는 사람이 없는 유명인이니까."

"……그래요?"

"페이 군은 좀 더 자신의 위업을 자각할 필요가 있다니까? 이 말은 전에도 했는데."

창가에 팔꿈치를 걸친 미란다 사무장이 어쩔 수 없다는 듯이 한숨을 쉬었다.

"신들의 놀이에서 연전연승을 거둔 것도 그렇지만 더 큰 건 명계신 아누비스의 미궁 공략을 페이 군이 주도했기 때문일까? 그건 본부도 고마워했을 정도니까. 요컨대 **무척 기뻐하며 환영**할 거라는 거지."

인상이 전혀 다르다.

루인 지부가 본부를 조사하러 왔다고 이야기하면 본부도 달갑지 않을 것이다.

그러나 관광하러 왔다면 헤케트 셰에라자드의 시민들이

환영할 것이고, 그것을 본 본부도 경계를 풀 것이다.

"그럼 본부 쪽에서 모처럼 왔으니 견학하러 오라고 제안할 거야. 페이 군을 본부로 끌어들일 생각으로 말이지."

그렇다면 그 권유를 받아들이면 된다.

당당하게 신비법원 본부에 들어가서, 우로보로스가 그곳에 있는 신 넷을 찾아낸다.

"그렇게 된 거랍니다, 우로보로스 님."

"으응?"

사무장의 맞은편에서 은발의 소녀가 고개를 들었다.

입안 가득 멜론빵을 집어넣어 빵빵해진 뺨으로.

"인간."

무패 티셔츠를 입은 신이 눈을 번뜩였다.

아직 다람쥐처럼 뺨을 부풀린 채로.

"내가 이 멜론빵이라는 극상의 빵을 먹는 행복한 시간에 일부러 말을 걸어 방해하다니…… 그에 상응하는 용건이겠지?"

그 말을 듣고서.

신이 눈총을 받은 사무장이 가볍게 웃으며 대답했다.

"물론이에요. 열차 여행이라면 빠질 수 없는 것이 바로 술."

"난 술 안 마시는데?"

"네. 하지만 이 훈제 치즈는 그냥 먹어도 맛있어요. 꼭 한 번 맛을 보세요."

치즈 조각을 받아 든 우로보로스. 수상하다는 듯이 다양

한 각도에서 바라본 뒤 입안으로 던져넣고는.

"~~~!"

덜컥 소리를 내며 벌떡 일어났다.

"이, 이 깊은 맛과 향은?! 피자에 있던 치즈와는 다르구나!"

"후후후…… 이것이 인류의 지혜, 훈제 치즈랍니다. 하나 더 드시겠어요?"

"먹을래!"

"자, 드세요, 드세요. 대신 신비법원 본부에서는 잘 부탁드려요."

"알았어!"

환한 미소로 답한 우로보로스.

눈앞에서 사무장이 사악한 미소를 보내고 있지만, 훈제 치즈의 맛에 감동한 신은 깨닫지 못했다.

"……사무장님, 어느 틈에 우로보로스를 다루는 요령을 습득하셨나요……."

"하하하, 페이 군. 어느 시대든 친해지려면 연회를 벌이는 게 최고이기 마련이야."

새로이 치즈 봉투를 꺼낸 사무장.

"그렇게 됐으니 레오레셰 님도 하나 어떠세요?"

"미란다, 지금 말 걸지 마."

그런 사무장의 옆자리에서.

레셰는 묵묵히 트럼프로 피라미드를 세우는 놀이에 도전

중이었다.

열차가 흔들리고 가속, 감속할 때마다 당장에라도 무너질 것 같았지만 본인 말에 의하면 이렇게 하는 편이 더 어려워서 재밌다고 한다.

"……후후, 얼마 안 남았어…… 이제 두 층만!"

아름답게 쌓여가는 트럼프 피라미드.

완성이 가까워지자 레셰의 눈매도 흥분으로 가득해졌다!

"레셰 씨, 힘내요!"

"고마워, 펄."

마지막 한 층.

남은 트럼프 두 장을 든 레셰가 피라미드 정점을 세우려 하고…….

『긴급 신호입니다.』

끼익!

금속이 마찰하며 갈리는 소리와 함께 특급 열차가 급브레이크를 건 것은 그때였다.

"어이쿠."

"꺅!"

열차가 급정지.

그 반동으로 앉아 있던 페이 일행도 앞으로 몸이 기울어졌다.

『현재 1킬로 너머에 야생 렉스가 달리고 있다는 연락이

있었습니다. 안전을 확보하기 위해 이 열차는 렉스 무리가
지나가기를 기다린 뒤에 운전을 재개하겠습니다.』

"……깜짝이야. 그래서 급브레이크를 걸었던 거네요."

펄이 이마의 땀을 닦았다.

"레셰 씨, 그렇죠? 갑자기 멈추……."

말을 걸던 펄이 얼어붙었다.

후드득 무너지는 카드 피라미드. 급정거의 충격을 견디
지 못해 레셰의 노력이 허무하게 물거품이 되고 말았다.

"……."

레셰의 침묵.

마지막 한 층을 장식할 예정이었던 트럼프 두 장을 든
채로 넋이 나간 상태였다.

"이게…… 누구 탓일까…… 펄?"

"저, 저는 아니에요?! 열차가 급정거한 탓이라고요!"

"……그래?"

일렁.

레셰의 온몸에 희미한 불꽃과 같은 것이 끓어올랐다.

"그럼, 열차의 차장 때문이구나."

위험하다. 차장의 목숨이 위험하다. 그렇게 판단한 펄은
빠르게 움직였다.

일어서려는 레셰 씨를 끌어안고서.

"아, 아니, 그게 아니에요! 열차가 갑자기 멈춘 건 렉스

때문이에요!"

"그럼 렉스를 없애야겠네."

"없애면 안 돼요! 자, 잠깐만요, 다시 말할게요! 렉스 무리가 지나간 건 분명 대자연의……."

"대자연을 불태워야겠네."

"그게 아니고요! 자, 잠깐만요. 분명 이렇게 된 건…… 운명이라든가 순리 같은 것 때문이에요!"

"역시 렉스를 없애야겠네."

"그러니까 안 된다니까요오오오오오!"

2

꽃보라가 흩날리는 도시.

봄도 여름도 가을도, 그리고 겨울조차도. 사계절 계속 피는 백년 벚꽃이 줄지어 선 대로는 바람이 불 때마다 수많은 꽃잎들이 눈처럼 흩날렸다.

이곳이 바로 화연도시 에알리스.

"흠. 소문대로 예쁘네……."

페이가 올려다본 하늘을 가득 채울 정도의 벚꽃.

바람을 타고 선회하는 꽃잎이 마치 눈처럼 페이의 얼굴과 어깨에 내렸다.

"와! 굉장해요! 이렇게 예쁜 꽃보라는 처음 봤어요!"

떨어지는 꽃잎을 손바닥으로 받는 펄.

"……?"

"왜 그렇게 들뜬 거냐?"

참고로 레셰와 우로보로스는 알 수 없다는 듯이 고개를 갸웃했다.

"이것 참 운치 있네. 여긴 언제 와도 최고라니까."

술병을 든 미란다 사무장도 기분이 좋아 보였다.

술을 따르기 위한 컵도 없이 병째로 마시는 중이었다.

"여긴 물이 좋아서 술맛도 좋아. 그리고 벚꽃과 술이라면…… 뭔지 알지? 넬 군."

"……음."

미란다의 질문을 받은 넬이 미간을 찌푸렸다.

"난 아직 미성년이라 모른다만…… 벚꽃과 술이라면 꽃구경밖에 떠오르지 않는군."

"에이, 온천이지!"

흩날리는 벚꽃잎을 손바닥에 올리듯 잡은 사무장.

"이렇게…… 온천에 술병이 놓인 쟁반을 띄우고 술을 마시는 거야! 이게 바로 어른의 즐거움, 인류가 도달한 인생의 종착점이지!"

"……하지만 사무장 공. 과도한 음주는 건강을 해치는 것 아닌가?"

무척이나 만족스러워하는 사무장.

그러나 그 설명을 들은 넬의 표정은 확연하게 어두웠다.

"특급 열차 안에서는 캔맥주. 이곳에 도착한 뒤르는 병나발. 거기다 온천에 들어가면서까지 술을 마신다니……."

"……."

"이참에 참견하자면 술은 백해무익. 술독에 빠진다는 말이 있듯이 음주는 의존성이 강하다. 그것이 아니더라도 술로 배를 채워 포만감이 들면 식사량이 줄게 되니 규칙적인 식생활에도 지장이 생긴다고 들었다. 거기다 주정뱅이들의 그 폭력적이고 품위 없는 언동은 주위에 폐를 끼치지. 자신만이라면 몰라도 다른 사람에게 폐를 끼치는 행위를 용서할 수……."

"뭐어?"

사무장이 불쑥 돌아보았다.

손에 다 마신 술병을 쥐고서 핏발이 선 눈으로 바라보며.

"넬 군? 네가 말한 것처럼 음주가 몸에 나쁜 건 사실이야. 하지만…… 매일 너희 사도들이 만드는 문제에 휘말리거나 일주일 내내 쉬지도 않고 일하는 것하고 비교하면 어떤 게 더 몸에 안 좋을 것 같니? **예를 들어 갑자기 마르라에서 은퇴한 사도가 찾아와 복귀하고 싶으니 북메이커와 싸우게 해달라는** 터무니없는 부탁을 하는 것처럼 말이야."

"으윽?!"

넬의 눈이 커졌다.

"그, 그건⋯⋯!"

"복귀 후에도 말이지, 마르 라에서 루인으로 이적하고 싶다는 요청이 있었지? 성천도시 마르 라에서 소속을 변경하려면 마땅한 행정 절차를 밟아야 하거든? 애초에 북 메이커를 만날 수 있는 거신상은 우리도 몇십 년 동안 사용하지 않았던 거라 준비하고 신청하느라 정말 힘들었어. 그때도 내가 밤을 새워가며 서류를 작성했었지."

"⋯⋯저, 저기⋯⋯ 그건⋯⋯."

조금씩 다가오는 사무장.

그 박력에 압도된 넬이 순식간에 벽까지 내몰렸다.

"⋯⋯저⋯⋯ 사무장 공에겐 무척 감사하고⋯⋯."

"그때부터였지, 내가 술을 마시는 빈도가 늘어난 게. 업무 스트레스 때문에 잠을 잘 수 없어서 술의 힘을 빌려 억지로 자는 날이 늘어났거든. 날 거기까지 내몬 네가 타인에게 폐를 끼치는 건 용서할 수 없다고⋯⋯."

"죄송했습니다아아아!"

바닥에 넙죽 엎드린 넬.

가까이 다가온 미란다 사무장의 압력을 견디지 못한 넬은 그렇게 간단히 굴복하고 말았다.

온천가.

화연도시 에알리스를 방문한 관광객은 이 끊임없이 흩날리는 벚꽃과 그 꽃잎이 떨어지는 온천을 즐기는 것이 목적이다.

유명 온천『사쿠라히노키』.

향긋한 노송나무로 만든 욕조에 벚꽃잎이 잔뜩 떠 있는 온천이다.

그 탈의실에서.

"어라? 인간이는 안 오는 거야?"

"그렇다니까. 나도 말을 걸어봤는데 자기만 남자니까 부끄럽대. 방에서 게임이나 하겠다면서 거절했어."

"아쉬워요오…… 이곳 온천은 수영복을 입고 들어올 수 있는 혼욕탕인데……."

"음. 모처럼 함께 온천을 즐길 기회였다만."

우로보로스, 레셰, 그리고 펄과 넬.

네 소녀가 갈아입을 옷과 수건, 그리고 노송나무로 만든 목욕용 작은 통을 들고 들어왔다. 참고로 방금 이야기한 것처럼 페이는 없었다.

"페이 군도 참 숫기가 없어서 큰일이야."

덥힌 술병이 담긴 통을 든 미란다 사무장.

한발 먼저 옷을 갈아입은 사무장은 투피스 수영복 위로 수건을 감은 차림이었다. 그리고 탈의실에서 욕실을 훑쩍 둘러보고는.

"뭐야, 남자 손님도 많네. 수영복으로 혼욕할 수 있으니 아이를 데리고 온 손님도 많고."

안경을 벗고, 욕실의 증기에 김이 서린 안경을 소중히 바구니에 담으며 말을 이었다.

"페이 군도 참 부끄럼이 많다니까. 이렇게 귀여운 여자아이들에게 둘러싸여 목욕할 수 있는 꿈만 같은 상황이었는데."

"……들었나, 펄."

"……네. 확실히 들었어요, 넬 씨."

넬과 펄의 속삭이는 소리.

"……지금 사무장 공이 아무렇지도 않게 『귀여운 여자아이들』 안에 자신을 넣었다."

"……거기다 『여자아이』라고요, 『여자아이』. 그건 좀……."

"지금 뭐라고 했니?"

『아무 말도 안 했습니다~!』

후다닥 도망치는 펄과 넬.

그런 소란스러운 세 사람과는 떨어진 곳에서 부스럭 소리를 내며 『무패』 티셔츠를 힘차게 벗은 이가 있었다.

"여기가 온천인가!"

순식간에 옷을 갈아입은 우로보로스.

소박한 감색 원피스 수영복을 입었는데, 티셔츠와 마찬가지로 가슴 부근에 『무패』라고 적힌 것이 무척이나 독특했다.

그런 수영복을 입은 우로보로스가 반짝이는 눈으로 욕실을 둘러보며 말했다.

"작은 바다네! ……어? 어째서 증기가 나오는 거지?"

"바다가 아니야."

그렇게 답한 레셰는 투피스 수영복.

머리카락 색에 맞춘 붉은 프릴이 달린 귀여운 수영복의 그 선명한 색이 수많은 인파 속에서도 유독 눈에 띄었다.

……하지만.

그런 레셰가 수영복을 입은 우로보로스를 가만히 관찰하며 미간을 찌푸렸다.

수영복의 가슴 부분.

그곳을 노골적으로 찬찬히 관찰하고는.

"……있네."

그렇다.

앳된 얼굴에 몸집도 작았지만, 우로보로스는 있었다.

게다가 의외로 풍만한 질량. 절대로 노출이 심하지 않은 원피스 수영복인데도 그 가슴 사이로 제법 훌륭한 계곡이 만들어져 있었다.

"……아니! 진 게 아니야. 나도 이 정도는."

"흐흠, 용아. 내 거대함에 놀랐구나."

레셰의 시선을 알아차린 우로보로스가 눈을 가늘게 뜨고 히죽 웃었다. 일부러 보여주듯 가슴을 크게 젖히고는.

"나와 용이 호각? 아니, 가슴÷신장 비율이면 어떨까?"

"……!"

레셰가 움찔 떨었다.

"그, 그건 재보지 않으면 모르지!"

"과연 그럴까? 누가 뭐래도 나는 무패니까! 이것 참, 패배를 알고 싶네."

"……무패? 무패라고?"

피식.

무한신이 말한 『필살 문구』였지만, 그 말을 들은 레셰는 끝을 알 수 없을 정도로 사악한 실소로 응전했다.

"후후…… 패배를 알고 싶다니……. 후후후…… 정말 어리석어!"

"응? 왜 그러냐, 용아."

무엇이 우스운 걸까.

레셰의 태도에 위화감이 든 우로보로스가 미간을 찌푸렸다.

"그럼 알려줄게. 이리 와, 펄!"

적막.

레셰의 포효에 탈의실이 고요해졌다.

"펄! 대답은?!"

"엇, 네?! 왜 그러세요? 레셰 씨."

펄이 다급히 돌아보았다.

가슴에 수건을 감은 모습. 조금 부끄러운 듯이 얼굴을 붉힌 것은 지금 막 옷을 벗고 수영복으로 갈아입는 중이었기 때문이다.

"저, 저기…… 지금 갈아입는 중인데요……."

"그거면 됐어."

"네?"

갈아입던 펄이 다가왔다.

그리고 여기에 서라는 레셰의 지시대로 우로보로스의 눈앞에 섰다.

"……?"

그것을 의아하게 바라보는 우로보로스.

"용아, 대체 뭘 꾸미는 거냐?"

"자! 괄목해라, 새끼뱀! 펄, 크게 만세 해봐!"

"네? 마, 만세……."

수슉!

펄이 두 팔을 들어올린 순간, 레셰가 눈에 보이지 않는 빠른 속도로 펄이 둘렀던 수건을 벗겨냈다.

봉인 해방.

실오라기 한 올 걸치지 않은 펄의 신체가 우로보로스의 앞에 숨김없이 드러났다.

그 광경에.

"윽?!"

무한신 우로보로스는.

생애 최초로 자신보다 **거대한 것**을 보았다.

"꺄악?! 무, 무슨 짓이에요, 레셰 씨!"

그러나 레셰는 답하지 않았다.

레셰가 내려다본 것은, 전율하며 그 자리에 무릎을 꿇은 우로보로스였다.

"이해한 모양이네."

"……큭!"

휘청거리며 일어나는 우로보로스.

마치 망치로 얻어맞은 듯이 의식이 몽롱해진 상태에서 레셰의 목소리를 듣고 정신이 든 모양이었다.

"……가슴아!"

"아, 네, 왜…… 꺄악?! 뭐, 뭐 하시는 건가요?!"

펄이 새빨개진 얼굴로 비명을 질렀다.

그도 그럴 터. 우로보로스가 껴안듯 두 팔을 내밀고 그 풍만한 두 둔덕을 움켜쥐었기 때문이다.

"뭐냐, 이건?! 무슨 이런 질량이!"

"제 가슴을 움켜쥐고 소리치지 마세요!"

"……옷을 입었을 때도 크다고 생각했는데, 설마 옷이라는 베일 아래에 신조차 잴 수 없는 물건을 숨기고 있었을 줄이야……. 이 크기는……!"

우로보로스가 눈을 부릅떴다.

"모든 사상과 모든 물리 법칙을 내포한 우주 규모!"

"들어본 적 없는 규모인데요?!"

"이 세상은 끝났다!"

"신이 그런 말을 하면 어떡해요?!"

그때.

넬이 나타났다.

"……역시 대단하다, 펄!"

"넬 씨까지?!"

"나는 안다…… 알 수 있다! 전에 봤을 때보다 더 커진…… 헉?! 그렇다는 건 인수신 미노타우로스와 사투를 벌이며 한층 성장을!"

"사투를 벌인 적이 없는데요?!"

"성장!"

우로보로스가 외쳤다.

여전히 두 손으로 펄의 가슴을 움켜쥔 채로.

"이만한 크기인데도 계속 성장하는 가슴이의 가슴…… 그러니까 가슴이는 무한으로 성장하는…… 설마 나 이외에도 무한의 존재가!"

"한도가 있다니까요?!"

"……큭."

우로보로스가 물러섰다.

펄의 가슴에서 손을 떼고서 어째서인지 자신의 수영복을 벗기 시작했다.

무엇을 할 생각일까?

넬과 펄이 고개를 갸웃하는 가운데, 우로보로스가 어디선가 꺼낸 유성펜으로 수영복에 무언가 끄적였다.

그것은 『무패』라는 글자 옆에 작게 적힌 『1 무승부』라는 글자였다.

"……내가 잠시 당황했구나."

한숨을 내쉰 우로보로스.

"후후후……."

그러고는 글자를 적은 수영복을 다시 입고서 의미심장한 미소를 떠올리는 것이 아닌가.

"……그렇군. 이것이 도전자의 기분. 처음 맛보는 괴로움의 깊은 곳에서 기백이 타오르는 게 느껴진다."

"저, 저기요?"

"기다려라, 가슴아! 이 나의! 무한한 성장이라는 것을 보여주마!"

수영복을 입은 우로보로스가 내달렸다.

"바로 돌아오마! 다시 만날 땐 나도 더 커졌을 것이다!"

"우로보로스 님?!"

다급히 온천에서 뛰쳐나가는 미란다 사무장.

그러나 이미 우로보로스는 탈의실 출구를 향해 달리기 시작한 후였다.

"내일은 본부에 갈 예정인데……."

"그런 건 아무래도 좋다!"

"좋지 않은데요?!"

쿵!

탈의실 벽에 커다란 구멍을 내고 뛰쳐나가는 수영복 차림의 우로보로스.

"이 상황을 어떻게 할 거니, 펄 군! 네 가슴이 너무 파렴치하니까!"

"그런 트집은 처음 듣는데요?!"

이리하여 펄의 가슴에 대항심을 불태운 무한신 우로보로스는 신비법원 본부에 간다는 목적도 잊고 자신을 크게 성장시켜줄 수행에 떠났다.

Intermission 계속 바보짓이나 하지 그래요

신화도시 헤케트 셰에라자드.

철새보다도, 하늘에 뜬 하얀 구름보다도 높은 곳의 푸르른 하늘에서 은색으로 빛나는 부유도시.

그곳의 찾는 이 없는 대도서관.

옛 기록서가 몇백 만권이나 잠든 이 시설은 신화도시에서도 가장 조용한 곳이다.

그래서.

이 신화도시에서 가장 밀담을 나누기에 적합한 『비밀의 장소』이다.

아무도 듣는 이 없고, 보는 이 없다. 그렇기에 이곳은 언제부터인가 『모든 혼이 모이는 성좌』 다섯 명의 집합소가 됐다.

다섯 명…… 혹은, 네 신과 한 인간의 거점.

"내일 그들이 여기에 온다고 해요."

"뭐?! 자, 잠깐, 헤레네이어, 그런 말 들은 적 없다냥!"

붉은 머리 소녀가 몸을 젖히다 의자에서 넘어졌다.

얼핏 보면 가녀리고 심약해 보이지만, 과도할 정도의 행동과 반짝이는 붉은 눈동자에는 그 끝을 알 수 없는 기력이 느껴졌다.

초수(超獸) 니벨룽.

인간에게 『초인화』의 바탕이 된 어라이즈를 부여한 신이 두 손으로 책상을 내리쳤다.

"그거, 그 페이라는 인간 말이냥?!"

"니베 씨."

맞은편 자리에서.

헤레네이어라 불린 소녀가 살며시 한숨을 쉬었다.

인상이 약한 연보라색 머리카락에 조용한 비취색 눈빛으로.

"어제 이른 아침에 루인을 떠난 모양이라고 팀 전원에게 전자 문서를 보냈을 텐데요."

"짐은 문자를 읽는 게 싫다냥! 말로 전해주지 않으면 곤란하다냥!"

"……네."

혼났다.

헤레네이어야말로 팀의 리더이고, 보고 의무를 다했을 뿐인데.

"특급 열차를 타고 먼저 화연도시 에알리스에 도착했다고 해요."

"바로 이 앞이다냥?! 헤레네이어, 그런 중요한 일은 빨리 연락을 줘야지!"

"……제가 그렇게 연락했는데요."

헤레네이어가 슬픈 듯이 한숨을 쉬었다.

"신비법원 본부로는 연락이 들어오지 않았어요. 어차피 관광이나 여행이라는 명목으로 찾아와서는 어떤 이유로 본부 안에 들어오겠죠. 견학이라든가 그런 식으로."

"아하하, 짐들의 정체가 들키는 것도 각오해야겠다냥."

니베라 불린 붉은 머리 소녀가 다시 의자에 앉았다.

깊은 우려를 보인 헤레네이어와는 정반대로 이쪽은 당당하고 여유로웠다.

"짐은 상관없지만 헤레네이어는 곤란하지? **인간 부모가 있으니까.** 설마 딸의 전생이 신이라는 걸 알게 된다면 깜짝 놀라 자빠질 거다냥."

"시치미를 뗄 거예요."

"……속이려고? 하지만 우로보로스가 있으면 절대로 들킬 거다냥."

"그렇다 하더라도요."

헤레네이어의 말투엔 흔들림이 없었다.

"우로보로스가 여기에 와서 무슨 말을 하든 그것을 인간이 확인할 방법이 없어요. 상대하지 않으면 돼요."

"흐음? 뭐 그렇게 말한다면야……."

"우로보로스, 오지 않을 모양이다."

"네?"

"어?"

옆에서 날아든 중성적인 목소리에 두 소녀의 눈이 커졌다.

"어르신."

"정령왕 할아버지, 그거 확실한 정보냥?"

두 사람이 돌아본 곳.

도서관 바닥에 앉은 갈색 소년이 공중을 올려다보고 있었다.

귀엽다고 해도 문제가 없을 동안과 중성적인 목소리였지만, 그 행동과 말투는 기묘할 정도로 노련함이 담겨 있었다.

"확실하진 않지만……."

공중을 올려다보는 갈색 소녀.

이 소년, 아니 신인 정령왕 아라라소라기는 초지각으로 보고 있었다. 아득히 먼 땅에서 벌어진 일을.

"우로보로스 녀석, 에알리스의 온천에서 뛰쳐나갔다."

"어째서죠?"

"어째서냥?"

"……이유라. 음…… 이건, 확실히 크군."

"네?"

"음…… 뭐랄까…… 그야말로 우주적 규모로군…… 확실히 저런 걸 봤으니 우로보로스가 경쟁심을 불태울 만도 하지."

"저기, 어르신?"

"아라라소라기 할아버지, 제대로 말해달라냥."

두 소녀는 알 수 없었다.

어째서 갈색 소년이 이렇게나 진지한 표정으로 깊이 끄덕이고 있는 것인지.

"……아니, 말할 수 없겠구나. 너희에겐 잔혹한 이야기이니."

갈색 소년의 모습을 한 신이 묘하게 아쉬운 듯한 말투로 고개를 저었다.

"헤레네이어, 니베여. 이건 그대들을 생각해서 내린 판단이다. ……그래, 앞으로의 건강한 성장에 기대하마."

"……?"

"아라라소라기 할아버지가 이상해졌다냥?"

다시 얼굴을 마주 보는 니베와 헤레네이어.

그런 두 사람에겐 아랑곳하지 않고 갈색 소년이 밝게 말했다.

"어쨌든! 우로보로스를 걱정할 필요는 없어졌다. 둘 다 걱정하지 마라."

"……이유는 어딘가 석연치 않습니다만."

헤레네이어가 들고 있던 고서의 페이지를 넘겼다.

"우로보로스가 없는 건 다행입니다. 우리의 정체를 들킬 일이 없다면 정면에서 얼굴을 보여줄 필요도 없어졌습니다. 팀 『마인드 오버 마터』로서 인사할까도 생각했습니다만, 그만두죠."

"이 대도서관에 숨을 거냥?"

"네. 그들이 돌아갈 때까지 몸을 숨기면 됩니다. 남은 건……."

헤레네이어가 말하려던 그 순간.

"……용."

모노클을 낀 청년이 도서관 구석에서 중얼거렸다.

지적이고 고요한 눈빛이지만 어째서인지 손에 든 책은 위아래가 거꾸로였다.

―츠쿠모가미 나후타유아.

누구보다도 탐욕스럽게 지식을 바라며 누구보다도 혼자서 놀기를 좋아하는 이 신은 책을 거꾸로 읽는 혼자서 놀기에 몰두 중이었다. 항상 있는 일이다. 계속해서 혼자서 노는 일에 몰두한 나머지 말하는 것조차 성가셔한다.

그런 신이 놀이를 멈추고 입을 열었다.

헤레네이어가 아는 한 10년에 한 번 있을까 말까 한 대사건이다.

"용? 아, 신이었던 레오레셰 말이군요."

"……."

"고마워요, 나후타유아. 하지만 걱정할 필요 없습니다."

거꾸로 든 책을 읽는 청년에게 헤레네이어가 미소로 답했다.

"레오레셰는 우리의 기적을 알아차리겠지만 인간이 된 몸으론 정확하게 신을 감지할 수 없을 겁니다. 예정대로 대도서관에 숨어『숨바꼭질』하면 됩니다."

이야기는 여기서 끝이다.

우로보로스가 오지 않는 이상 자신들의 정체를 정확하게 밝혀낼 존재는 없다.

페이 일행이 헤케트 셰에라자드에 온다 해도 자신들은 여기서 숨어 지내면 된다.

"상담해주셔서 고맙습니다. 니베 씨, 어르신, 나후타유아. 그리고, 케이오스."

"……한 가지, 확인할 게 있어."

술렁.

대도서관에 모인 네 신이 일제히 돌아보았다.

이곳에 있는「유일하게 완전한 인간」이자 팀의 코치인 케이오스에게.

"지금까지 나온 이야기에 이견은 없어. 페이가 왔을 때 많은 시민이 페이와 너희의 대담을 기대하겠지만…… 그건 코치인 내가 사무 쪽에 설명하지. 헤레네이어는 다음 신들의 놀이를 준비하느라 바쁘다고."

"고마워요, 케이오스."

"하지만 내가 묻고 싶은 건 다른 일이야. 헤레네이어, 이 사장님 상태는 어때?"

"······."

헤레네이어가 침묵했다.

부드러운 미소를 떠올리던 그녀가 입을 다물고 연보라색 머리카락을 만지작거리며.

"······아버님 상태라면 오늘 말인가요, 어제 말인가요?"

"둘 다."

"······어제라면······ 좋지는 않았어요. 하지만 오늘은 분명 좋아지실 겁니다."

"그렇군."

케이오스는 알고 있다.

이 「좋지는 않았다」는 표현은 그녀의 희망이 섞인 말이다. 그 말은 곧 반드시 안정을 취해야 할 정도로 본부 이사장의 상태가 좋지 않다는 말일 것이다.

신은 전지전능.

그러나 반신반인인 헤레네이어는 지금 **전지전능의 대부분을 잃었다.**

아버지의 상태는 의사에게 맡길 수밖에 없다.

"페이가 왔을 때, 나로서는 네 진심을 알려줘도 좋을 것 같은데. 네 친아버지이기도 한 이사장님의 상태가 좋지 않아. 네가 계속 간병해야 한다는 것은 틀림없는 진실이야."

"싫어요."

"어째서?"

"그에게 약점을 잡히고 싶지 않으니까요. 평범한 인간에게 동정이나 연민을 받고 싶지 않아요."

"알았다."

진지한 얼굴로 끄덕이는 동시에.

케이오스는 내심 쓴웃음이 섞인 한숨을 금할 수 없었다.

그렇군.

그 정도로 페이를 의식하는 모양이다.

"그럼 예기치 못한 사태를 이야기하지. 예를 들어 만에 하나 레오레셰에게 너희 넷의 정체를 들켰을 때, 그때도 너희가 이곳 대도서관에서 나올 필요는 없어. 코치인 내가 페이와 만나도 돼."

"……부탁합니다."

"그러기 위한 코치니까. 맡은 일은 해야지."

살짝 고개를 끄덕인 헤레네이어.

절반은 신이면서도 인간에게 고개를 숙인 소녀에게 등을 돌린 케이오스는 대도서관을 뒤로했다.

Player.3　마법이 일상인 도시

1

화연도시 에알리스에서 다시 열차로.

지평선 너머로 뻗은 철도의 끝에서 푸르른 하늘 위로 빛의 기둥이 뻗어 있었다.

"저기 보여요! 저 빛이죠?!"

특급 열차의 창문을 열고 펄이 힘차게 몸을 내밀었다.

"……저기가 신화도시 헤케트 셰에라자드로 이어진다는 빛의 길!"

"기다려라, 펄! 열차 창문으로 몸을 내미는 건 위험하다. 내가 대신하지!"

"넬 씨도 보고 싶은 것뿐이잖아요?!"

청문으로 얼굴을 내밀려는 넬.

그다지 넓지 않은 창틀을 걸고 펄과 넬의 처절한 위치 선정 전쟁이 시작됐고.

"이거 어쩐담. 우로보로스 님이 안 계시면 예정이 틀어지는데."

캔맥주를 든 사무장.

안주인 감자칩을 느긋하게 입에 넣는 모습은 방금 한 말과 너무나도 동떨어진 것 같기도 하지만.

"애초에 우로보로스 님의 증언이니까. 헤케트 셰에라자드에서 여러 신의 힘이 느껴진다는."

사무장이 한숨을 쉰 것을 본 페이가 입을 열었다.

"이제 기대할 건 레세로군."

페이는 맞은편에 앉은 소녀에게 시선을 보내며 말을 이었다.

"레셰도 신이었으니 신의 힘을 느낄 수 있지 않아?"

"음……."

귀여운 동작과 함께 고민한 레셰는 이번에도 트럼프 피라미드를 건설 중.

신중하게 트럼프 두 장을 조합하면서.

"아마 가능하겠지만, 불가능할 거야."

"수수께끼 같은 대답인데, 뭔가 조건이라도 있는 거야?"

"……그러게."

레셰는 턱에 손을 가져가 가만히 생각에 잠겼다.

지금까지 창틀에서 티격태격하는 펄과 넬을 가리키며.

"예를 들어 페이가 길가에서 저 두 사람과 마주치면 알아차릴 수 있지?"

"그야 물론."

"두 사람이 변장용 선글라스를 끼고 코트에 머플러, 마스크까지 한다면?"

"……알아차리지 못하고 지나치겠지."

"그런 거야."

어깨를 으쓱이는 레셰.

"나는 신의 힘을 감지할 수 있어. 하지만 헤케트 셰에라 자드에 있는 네 신이 힘을 숨기고 인간들 사이에 있다면 아마도 감지하기 어려울 것 같아."

"아, 그렇군."

그것이 신이었던 자와 신의 격차다.

신이 진심으로 기적을 숨기면 신이었던 자는 발견할 수 없다.

……역시 우로보로스가 필요해.

……지금은 사라졌지만.

바로 돌아올까?

성가신 것은 신과 인간의 시간 체감에 하늘과 땅만큼 차이가 있다는 점이다. 레셰가 **깜빡** 3천 년을 잠들어버린 것처럼.

"사무장님, 우리가 헤케트 셰에라자드에 있을 수 있는 기간이 얼마나 되나요?"

"3일."

사무장이 진지하게 답했다.

"내가 루인 지부의 회의를 온라인으로 참가한다면 5일까지 늘릴 수는 있어. 그 사이에 우로보로스 님이 돌아오신다면 좋겠는데."

"아마도 신의 **바로**는 수백 년 단위일 거예요. 잘해야 몇 년 아닐까요……."

"다 틀렸네."

털썩 등을 기대는 사무장.

"이쪽은 이미 헤케트 셰에라자드에 도착하는데."

『오래 기다리셨습니다.』

『이제 곧 이 열차는 헤케트 셰에라자드 아래, 지상 터미널에 도착합니다.』

차내에 흘러나온 방송.

얼마 후 덜컹 소리와 함께 열차가 감속하고, 벽으로 둘러싸인 돔 형태의 거대 터미널에 도착했다. 그 너머의 광장에서 거대한 빛의 기둥이 솟은 것이 보였다.

"이 빛…… 하늘까지 뻗어있네."

페이가 올려다본 것은 돔의 천장 부분.

도넛처럼 중앙에 구멍이 뚫려 있었다. 그리고 빛의 기둥은 그 구멍을 통해 아득한 하늘까지 이어져 있었다.

빛의 엘리베이터.

그야말로 신화 속 광경.

신화도시 헤케트 셰에라자드는 이 빛을 타고 올라간 곳에 있으니.

거대한 빛의 기둥에 들어간 사람들이 차례차례 떠오르더니 하늘로 올라가는 것이 아닌가.

"……장관이라는 말밖에 안 나오는군."

넬이 감탄했다.

"사무장 공? 이건 배나 열차 같은 과학 기술이 아닌 것 같은데……."

"이게 고대 마법 문명의 유산이야."

사무장이 슈트케이스를 끌며 빛의 기둥을 가리켰다.

"저게 어떤 원리로 가동하는지 지금까지도 밝혀내지 못했어. 신의 힘을 사용한 엘리베이터니까. 다시 말해, 마법이지."

"……마법이 문명에 사용되던 시대의 유산인가."

"맞아. 현대에서도 감사히 사용하는 거지. 그럼 가자, 넬 군도."

"으, 음! 너무나도 상식을 뛰어넘어 괴상하지만…… 헤케트 셰에라자드에 가려면 저 빛을 탈 수밖에 없다면야……."

고개를 끄덕인 넬이 재빨리 펄의 뒤로 돌아들었다.

"자, 펄! 앞장설 권리를 양보하지!"

"무서워서 그러는 거잖아요?! 잠깐…… 밀지 말아요! 밀지 말아요, 넬 씨!"

빛의 엘리베이터 앞으로.

몇십 명이 줄을 섰고 한 명, 또 한 명이 빛 안으로 들어 갔다.

"여러분, 줄을 서는 곳은 여기입니다!"

스태프 소녀가 밝게 손짓했다.

"이 신화도시의 명물, 『빛과 푸르름의 엘리베이터』는 오 파츠라 불리고 있으며 세계에서 유일하게 고대 마법 문명 을 체험할 수 있는 마법 과학입니다. 하늘 여행을 원하시 는 분은 꼭 하늘로 급상승하는 무중력감을 즐겨주세요. 참 고로……"

스태프 소녀는 고정용 벨트와 의자를 들고 있었다.

"이 『빛과 푸르름의 엘리베이터』는 차나 비행기와는 다 르게 발판이 불안정합니다. 하늘로 올라가는 도중 땅 위를 보는 게 무서운 사람들을 위해 의자와 벨트도 준비되어 있 습니다."

"……!"

펄의 눈이 반짝였다.

스태프가 든 벨트를 향해 재빨리 손을 뻗고서.

"저요, 저요! 꼭 그걸!"

"가자, 펄!"

펄이 벨트를 잡는 것보다 빨리.

레셰의 팔이 눈에 보이지 않는 속도로 펄의 목덜미를 쥐었다.

"당연히! 무중력을 즐겨야지!"

"조금도 기쁘지 않은데요?!"

"땅 위의 빌딩이 콩알만큼 작게 보인대!"

"그것도 보고 싶지 않은데요?!"

"가끔 빛이 약해져 발판이 사라진다고 하니까 날뛰면 안
돼!"

"떨어지는 건 싫어요오오오오오오!"

끌려가는 펄.

그 뒤를 따라 페이, 넬, 사무장이 올라타자 보이지 않는
힘으로 온몸이 들리는 부유감이 들었다.

"떠, 떴다?!"

넬이 발밑을 내려다보았다.

발밑을 떠받치는 것은 빛의 받침. 발판이 된 빛의 받침
이 상승하며 일행도 상승했다.

고도 5미터, 10미터······.

지상에 있는 스태프의 모습이 점점 작아졌다. 그것도 무
서울 정도로 빠르게.

"무서워, 무서워, 너무 무서운데요오오오?!"

"이, 이건 박력이 상당하군······."

레셰를 붙들고 떨어지지 않는 펄. 그리고 그 옆에는 넬
이 자기 다리로 서 있기는 하지만 지상을 내려다보는 눈빛

엔 공포가 엿보였다.

어딜 봐도 평범한 빛의 기둥. 주위를 감싼 울타리가 없다.

360도, 어딜 봐도 몸이 떨릴만한 높은 경치다. 아무리 스릴을 즐긴다 해도 본능적으로 공포를 느끼게 되는 높이일 것이다.

페이도 무심코 쓴웃음을 짓고 싶어질 정도의 박력이었다.

"이건 확실히 무섭네……. 어? 사무장님?"

"……."

어째서인지 사무장이 제자리에 주저앉아 있었다.

잠시도 놓지 않았던 캔맥주를 놓고 슈트케이스를 꽉 붙든 채 두 눈을 꼭 감고 있는 것이 아닌가.

"사무장님도 높은 곳을 무서워하시는 편이에요?"

"……숙취가 있는데…… 이 제트코스터는…… 힘들어……."

"그냥 숙취였어요?! 그보다 토할 것처럼 창백한 얼굴인데?! 안 돼요, 사무장님! 여기서 토하면 큰일이……!"

"……읍. 이 부유감으로 위가 자극받으니 구역질이 더 심해져서……."

"힘내요! 참아야 해요!"

고도 1만 미터로 상승.

입을 손으로 막고 괴로워하는 사무장을 필사적으로 응원하는 사이, 페이는 신화도시 헤케트 셰에라자드에 도착했다.

바람이 가깝다.

철새보다 높은 곳에서 생겨난 바람이 지상의 도시로 내려왔다.

그렇게 막 생겨난 바람을, 그 소리를 이렇게나 가까이서 들은 것은 페이도 처음이었다.

신화도시 헤케트 셰에라자드.

가장 하늘에 가깝고, 가장 신에 가까운 도시.

지상에 있을 터미널은 이제는 작은 돌멩이 크기로도 보이지 않았다. 그만큼 높이 떠 있는 도시의 길거리는.

"어? 조금 의외랄까요."

큰길에 서서 거리를 둘러본 펄이 여우에 홀린 듯이 눈을 깜박였다.

"작은 도시네요……."

고층 빌딩이 없다.

전부 1층이나 2층인 저층 건물뿐.

건물들은 푸르른 하늘을 배경으로 구름에 녹아들 것만 같이 새하얀 색으로 통일되어 있었다. 물론 거리엔 많은 관광객으로 떠들썩하고 활기에 찬 것으로 보면 관광지다운 면도 있지만…… 한마디로 표현해서 규모가 작다.

대도시 같은 느낌이 없었다.

"그야 3천 년 전부터 남아있는 도시니까. 새롭기는커녕 가장 오래된 곳이야."

앞장선 사무장이 빈 캔맥주를 던졌다.

광장의 쓰레기통으로 쏙 들어가는 것을 확인한 뒤.

"그렇기에 유지되는 경치도 있지. 저길 봐, 이 저층 건물로 통일되었기에 거리의 노점과 길을 오가는 관광객의 모습이 잘 보이는 거야. 맞다, 이곳 노점에서 파는 푸른 하늘 맥주가 최고로…… 응?"

사무장이 갑자기 멈추더니 이쪽을 돌아보았다.

시작됐다는 듯이 장난스러운 미소를 머금고서.

"자, 낚였다."

"……! 레오레셰 님?!"

"잠깐…… 저 네 사람은 루인의!"

술렁.

거리를 꽉 채울 정도로 많은 사람이 마치 도미노처럼 연쇄적으로 이쪽을 돌아보기 시작했다.

"저 사람! 페이 맞아?!"

"붉은 머리가 레오레셰 님이고, 그 옆 검은 머리가 넬…… 그리고 저 작은 금발의 이름은…… 아마도 루비 사파이어!"

"펄 다이아몬드인데요?! ……어?"

그런 펄의 등을 누군가가 살며시 두드렸다.

돌아본 펄의 눈앞에는 열 살도 안 된 어린 소년이 필사적으로 손을 뻗고 있었다.

"……저기, 누나."

"네, 누나랍니다. 왜 그러세요?"

"……."

앳된 소년이 펄을 똑바로 올려다보았다.

그 눈빛은.

과거 펄 자신이 페이와 레셰를 바라보던 때와 같은 빛을 품고 있었다.

"방송에서 봤어요."

"저를요?"

"……네. ……누나 멋있었어요."

"~~~!"

소년이 힘겹게 짜낸 한마디에 펄이 숨을 들이마신 채 멈췄고, 소년을 와락 안았다.

"너무 기쁜 응원이에요! 당신을 제 팬 1호로 인정할게요. 페이 씨! 제게도 드디어 팬이!"

"그, 그래…… 그거 다행……!"

"레셰 씨! 이것 보세요!"

"……그래, 잘됐네."

"넬 씨!"

"으, 음……."

세 사람 모두 마음이 딴 데 간듯한 대답.

그도 그럴 터. 펄이 첫 팬에게 감격한 사이에 일행은 수백 명에게 둘러싸였기 때문이다.

"레오레셰 님! 같이 사진 좀 찍어주세요!"

"페이 선생님, 사인해 주세요! 아, 이 도시에 오실 줄 알았으면 색지를 준비했을 텐데! 색지가 없으니 제 티셔츠에 사인해 주세요!"

"넬 씨, 저는…… 전부터 당신의 뜨거운 전투를 좋아했습니다!"

둘러싸였다기보다 짓눌릴 기세다.

팬 한 명과 대응하는 사이에 새로운 팬 다섯이 밀려든다. 어마어마한 인파였다.

"좋아, 좋아."

그런 소동을 앞에 두고서.

혼자 벤치에 앉은 미란다 사무장. 마치 운동선수를 격려하는 감독처럼 팔짱을 끼며 말했다.

"바로 그거야. 생각대로 인기 많네. 이제 이 소동을 알아차린 거물이 나타나기를 기다리면……."

"……혹시 미란다 사무장님이십니까?"

정장 차림의 남자가 지나가다 돌아본 것은 바로 그때였다.

나이는 미란다 사무장과 비슷한 정도. 청년이라 부르기

엔 성숙했고 얼굴엔 지성과 예리함이 엿보였다.

"어? **아렌 사무장 보좌.**"

벤치에서 일어난 미란다 사무장이 손을 흔들었다.

낚였다.

사무장의 입가가 순간 그렇게 움직인 것을 본 것은 페이 뿐이리라.

"어쩐 일이신가요? 미란다 사무장님. 이 소동…… 그리고 저들은!"

페이 일행을 본 그 남자가 깜짝 놀라며 소리쳤다.

신비법원 본부, 아렌 비야 사무장 보좌.

이 거리의 소동에 관심이 생겨 다가왔을 것이다. 미란다 사무장이 예측한 대로.

"페이 테오 필스와 용신 레오레셰 님. 그러고 보니 며칠 전에 팀명이 정해졌다는 보고를 받았습니다. 『신들의 유희를 내려받은』이었죠?"

"역시 우수하네. 내년엔 어디 지부의 사무장이 되는 거 아니야?"

"놀리지 마세요."

아렌 사무장 보좌가 두리번거렸다.

"지금 얘기를 노스 사무장님이 들으시면 까불지 말라고 혼내실 거예요."

"미안해라. 그래서, 그 노스 사무장도 여기에 왔어? 이렇게 시끄러워지니 폐를 끼쳤구나 싶어서."

안경 안쪽으로 미란다의 두 눈이 가늘어졌다.

사인과 악수 요청으로 정신이 없는 페이 일행 전원을 가리키며.

"보다시피 저런 상황이야. 쟤들이 헤케트 셰에라자드에 온 적이 없다고 해서 휴가로 관광하러 왔지. 그랬더니 다들 환영해 주시네."

"하하. 유명인이니까요. 본부에서도 저들을 주목하고 있습니다. 화제가 되지 않는 날이 없을 정도로요. ……흠."

아렌 사무장 보좌가 손목시계를 확인.

"지금 13시인가. 마침 회의까지 시간이 있네."

당연하다.

이쪽은 **본부 사무원에게 일이 없는 시간을 노려** 찾아온 거니까.

"미란다 사무장님, 다음 예정 있으신가요?"

"음…… 글쎄? 점심도 먹었으니 근처를 돌아다니며 관광할까 했거든. 일정을 **빽빽하게** 짜지 않았어."

"괜찮으시다면 본부로 와주시겠습니까?"

"……"

"미궁 루셰이메어의 일로 그들의 분투는 본부에도 알려져 있습니다. 본부의 사도도 그렇지만 우리 사무원들도 고마워하고 있거든요."

"어머나, 그렇구나."

정말 고민된다는 듯이 팔짱을 낀 미란다 사무장.

평소 자주 보는 페이의 입장에선 너무나도 과장된 연기지만.

"우리도 관광하러 온 거라서…… 하지만 본부의 사무장 보좌의 부탁이라면야. 페이 군, 어때?"

"갈게요."

긴 행렬의 악수를 마친 페이는 크게 숨을 내쉬었다.

"역시 본부가 있는 도시라 그런지…… 성천도시 마르 라에서도 열렬한 환영을 받았지만, 이곳 열기가 더 뜨겁다고나 할지……."

"……이쪽도 끝났어."

뒤이은 레셰는 그녀답지 않게 잔뜩 지친 표정이었다.

이쪽은 주로 남성 팬들에게 큰 인기. 아무래도 사진 촬영으로 익숙하지 않은 미소를 계속 지어 보이느라 녹초가 된 모양이다.

"웃는 게…… 이렇게 힘든 일이구나……."

"수고했다. 페이 공, 레셰 공."

"저희는 빨리 끝나서 쉬고 있었어요."

그렇게 말한 넬은 조금 일찍 사인을 끝냈고, 펄은 눈앞 노점에서 느긋하게 크레이프를 먹을 정도로 여유가 있었다.

"다들 수고했어!"

미란다 사무장이 손뼉을 쳤다.

"열렬한 일반 팬의 환영을 받은 지 얼마 안 됐지만, 우리의 신비법원 본부에서도 환영해 주신다네. 잘 부탁해, 아렌 군."

"네, 그럼 바로 가시죠!"

아렌 사무장 보좌가 의기양양하게 걸음을 내디뎠다.

거리를 똑바로 나아가니 5분도 걸리지 않아 푸르른 하늘을 배경으로 우뚝 솟은 진줏빛 건물이 보이기 시작했다.

크다.

주변이 외딴집 정도의 건물밖에 없어서 더 크게 느껴지는 데다가 실제로 루인 지부의 빌딩보다 더 클 것이다.

"본부에 잘 오셨습니다!"

아렌 사무장 보좌가 팔을 벌린 그 앞에.

둥그스름한 돔 형태의 지붕에 하늘을 찌를 듯이 뻗은 수많은 첨탑. 그리고 풍차.

빌딩이라기보다 오래된 사원이 연상됐다.

이곳이 신비법원의 본부.

신들을 모시는 사원이라고 생각하면 이 엄숙한 모양새도 이해가 된다.

"장관이긴 한데…… 어쩐지 본부치고는 사람이 적은 것

같기도 한데요?"

"그런 말 자주 들어. 이래 봬도 본부의 직원 수는 다른 도시의 두 배는 되지만."

펄의 말에 웃는 아렌 사무장 보좌.

"부지가 넓어서 인구 밀도가 낮아. 그러니 이렇게 보이는 거지. 그리고 건물 안은 의외로 시끌시끌해."

"맞다, 아렌 군."

미란다 사무장이 넓은 부지를 천천히 둘러보며.

"본부에 견학왔으니 이사장님에게 인사해두고 싶어. 요즘 소식이 들리지 않던데, 상태는 어떠셔?"

"……그다지 좋지 않으세요."

아렌 사무장 보좌가 깊이 탄식했다.

미간을 찌푸리며 이쪽에 힐끔 눈길을 주고는.

"이건 공표된 거라 말씀드리는 거지만 지금 우리 본부의 이사장님은 큰 병에 걸리셨어. 본인께서도 이번 분기에 은퇴를 표명하셨고……."

"열의가 있으신 분인데 아쉬워."

그렇게 탄식한 미란다 사무장이 말을 이었다.

"본인도 10대 시절 사도로 활약하셨던 분이시거든. 그래서 젊은 사도를 향한 애착도 강하셔서 바쁠 때도 잠자는 시간을 줄여가며 방송을 보며 응원하셨어."

"그래. 그러니 자네들이 왔다는 걸 아셨다면 무척 기뻐하셨을 거야. 아쉽게도 지금은 무리하실 수 없는 상황이지. 나쁘게 생각하지 말아줘. ……자, 이쪽이야."

아렌이 잔디 길을 걸었다.

거대한 사원과 같은 건물로 들어가고…… 페이 일행을 제일 먼저 반긴 것은 눈부신 천장에 매달린 거대 모니터였다.

18개로 분할된 화면.

그 전부에서 거대한 신에게 도전하는 인간들의 영상이 나오고 있었다.

"아! 이건 전 세계에서 벌어지는 신들의 놀이구나!"

"맞습니다, 레오레셰 님. 모든 지부의 방송을 이 모니터 하나로 볼 수 있습니다. 본부에는 이런 모니터가 많죠."

"내 방에도 있었으면 좋겠어. 사줘, 미란다!"

"……긍정적으로 검토하겠습니다. 엄청 비싸지만요."

눈이 반짝이는 레셰.

"역시나……."

그 옆에선 미란다 사무장이 중얼거리며 쓴웃음을 지었다.

"그러니 레셰 님도 꼭 협력을."

"응?"

"자, 왔어요."

미란다가 눈길을 준 순간 레셰의 몸이 살짝 떨렸다.

모니터 뒤에서 차례차례 젊은 남녀가 등장. 그 모두가 금색 자수가 새겨진 의례복을 입은, 다시 말해 본부 소속

사도였다.

"다시 악수와 사인을 하실 시간이에요."

"이젠 싫어!"

미란다의 뒤에 숨은 레셰.

그러나 오히려 그 큰 목소리가 주변 사도의 주의를 끈 모양이었다. 저 사복 차림의 일행은 누구지? 하고 술렁이고는.

"응? 너, 혹시 페이인가…… 페이 테오 필스!"

마침 옆을 지나가던 키 큰 남성이 돌아보았다.

나이는 20대 전반의 남성.

짧게 자른 머리에 영리하고 날카로운 눈빛. 마치 일류 스포츠 선수처럼 듬직함을 겸비한 그 모습은 전에 본 적이 있었다.

"나는 키르히엣지."

"본부의 요청을 받았다. 우선 이 회의에서 사회 진행과 설명 담당을 맡았지."

귀환 불가능의 미궁 루셰이메어.

그 구조팀 결성을 위해 신비법원 본부에서 **실질적인 넘버 2** 사도로 뽑힌 남자다.

"안녕하세요. 미궁에선 신세 많이 졌습니다."

"피차 마찬가지지. 그보다…… 사복이라서 몰랐는데……."

키르히엣지의 눈이 가늘어졌다.

그가 둘러본 곳은 마찬가지로 사복 차림인 레셰와 펄, 넬, 그리고 캔맥주를 든 미란다 사무장.

"……정규 임무로는 안 보이네. 아니면 변장이야?"

"아니요, 관광하러 왔어요."

"관광? 그렇군, 그래서……."

키르히엣지가 팔짱을 낀 순간 몇몇 사도가 밝은 목소리로 말을 걸며 달려왔다.

흥분한 듯이 눈을 반짝이며.

"대장! 혹시 그 사람들?!"

"와, 진짜 페이 선수다! 신이었던 레오레셰 님도! 저기, 키르히엣지 대장, 혹시 아는 사이세요?!"

"……그래. 루셰이메어 때 조금."

키르히엣지가 멋쩍은 듯이 쓴웃음을 떠올렸다.

"호기심이 왕성한 녀석이라 미안하네. 루셰이메어 일도 그렇지만, 너희의 활약은 본부에서도 유명해. 가볍게 상대 좀 해줘."

계속되는 발소리.

이번엔 로비 입구 쪽 문이 열리고 숨을 헐떡이는 사도들이 차례차례 달려들었다.

"그 페이가 왔다고?!"

"원정인가?! 그런 정보는 못 들었는데? 그렇다면 극비 정탐인가?!"

"왜, 그거야! 우리 쪽 마인드 오버 마터와 어느 쪽이 더 위인지 겨룬다는 소문이 있었잖아!"

"어? 난 그들이 본부로 이적한다고 들었는데."

"이사장님이 직접 사상 최고 금액의 이적료를 제안하라고 명령했다던데……."

헛소문투성이다.

게다가 작게 말하는 것이 아니라 당사자를 둘러싸고 당당히 이야기하고 있으니 전부 들렸다.

"저기, 저 검은 머리는 누구야?"

"넬 렉클리스잖아. 마르 라에서 이적했다던."

"저 사람도 알아. 아마 오닉스 크리스털……."

"펄 다이아몬드라고요!"

이번에도 펄이 항의.

그나저나 역시 본부다. 사도뿐만 아니라 소문을 들은 사무원까지 흥미진진한 눈으로 몰려들었다.

"……적당히 잘 모였네."

페이는 그 기세에 짓눌릴 것 같으면서도 주위를 둘러보았다.

"어때, 레셰."

"……."

본부 1층 로비.

100명 가까이 되는 사람을 하나씩 둘러보는 레셰.

사도만이 아니라 사무원, 그리고 본부를 찾았던 관광객도 이쪽을 둘러싸고 있었다.

그 누가 상상했을까. 페이 일행을 보고 싶어 다가온 것인데, **실제로 관찰당한 것은 자신들**이라는 사실을.

"……."

그 레셰가 주홍색 머리카락을 옆으로 흘려 넘겼다.

"없어. 아마도."

이곳에 신은 없다.

본부에는 신 넷이 있다. 그러나 로비에 이만한 사람이 모였음에도 아무도 레셰의 후각에 걸리지 않았다.

……넷이라.

……뭐, 짐작되는 게 없는 건 아니지만.

넷이라는 숫자. 다시 말해 가장 의심스러운 것은— 그런 생각을 하다가.

우연이었다.

사색을 위해 무의식중에 시선을 내렸던 페이가 문득 고개를 들었다.

그 시선 끝.

로비로 달려온 수많은 인파의 뒤에서.

페이의 옛 팀 『각성^{어웨이킹}』의 리더, **케이오스가 있었다.**

페이보다 머리 절반 정도는 큰 신장.

졸린 듯한 눈동자에 한쪽 눈을 가리는 칙칙한 푸른 머리. 가는 턱선에 가지런한 이목구비 탓에 야무지지 못한 느낌이 더 강하게 들었다.

그런 케이오스가.

페이를 보자마자, 계속해서 늘어나는 인파 속으로 사라졌다.

"케이오스 선배?!"

손을 뻗었을 땐, 이미 옛 리더의 모습은 사라진 뒤였다.

말도 안 돼. 유적도시 엔쥬에서 행방을 감추고 지금 어디에 있는지 단서 하나조차 없었던 남자가 어째서 이 본부에 있는 건가.

"선배, 묻고 싶은 게……!"

목소리가 전해지지 않는다.

사인을 요청하는 목소리, 악수를 요청하는 목소리에 섞여 이쪽 목소리는 조금도 퍼지지 않았다. 그렇게 케이오스로 보이는 모습은 로비에서 완전히 사라졌다.

……그냥 닮은 사람?

……아니, 나와 눈을 마주친 순간 몸을 돌렸어. 상대도 날 의식한 거야.

분명 케이오스 본인이다.

"……."

"페이 군."

누군가가 어깨를 두드렸다.

아렌 사무장 보좌와 이야기를 맞춘 미란다 사무장이 로비 안쪽을 가리켰다. 우연일까, 그 복도는 바로 케이오스가 사라진 쪽이었다.

"아렌 군이 이사장님에게 연락해줬어. 오늘은 이사장님도 몸이 괜찮다고 하셔서 꼭 너희를 만나고 싶으시대. 인사하러 갈까?"

"……네."

스스로를 타일렀다.

그렇다. 이곳은 아직 본부의 입구다. 자신들의 목적은 미궁 루셰이메어 사건을 일으킨 네 신들을 찾아내는 것.

"그렇게 됐으니, 제군들."

아렌 사무장 보좌가 손뼉을 쳤다.

"이렇게 모였을 때 미안하지만 지금부터 그들은 이사장님과 간담회가 있다. 나중에 다시 보지. ……그럼, 이쪽으로."

아쉬워하는 본부의 사도들.

그들에게 인사를 남긴 페이는 아렌 사무장 보좌를 따라갔다.

엘리베이터를 타고 3층으로. 대리석 같은 석재로 만들어진 하얀 복도를 지나.

몇십 장이나 되는 현란한 스테인드글라스와 그 빛을 받아 형형색색으로 꾸며진 벽. 그야말로 이 도시의 이름에 어울리는 신화적인 색채를 자아냈다.

"이 복도는 언제 봐도 예쁘다니까. 우리 지부도 다시 지을 땐 이렇게 예쁘게 만들고 싶네. ……예산이 있다면 말이야."

아름다운 빛을 올려다보는 미란다 사무장.

"그런데 아렌 군. 만약을 위해 묻는 건데, 이사장님의 몸 상태가 괜찮아서 인사할 수 있다고 한 말은 로비에 모인 팬들을 돌려보내기 위한 구실이었어?"

"아무리 그래도 그런 걸 변명거리로 삼지는 않아요."

앞서 걷던 아렌이 곤란한 듯이 쓴웃음을 지었다.

"확실하게 아우구스투 이사장님이 답변하셨어요. 집무실에서 사무를 보고 있으니 가벼운 마음으로 꼭 좀 들려달라고."

"몸이 안 좋으신 것 아니었어?"

"본인 말씀으로는 오늘은 날씨가 좋으니 기분이 좋으시대요. 그렇게 말씀하시고 바로 쓰러지신 적도 있어서 우리 사무원들은 조마조마하지만……."

교차로.

스테인드글라스로 꾸며진 복도에서 오른쪽으로 꺾으려

던 순간, 모퉁이 근처에서 아렌 사무장 보좌가 멈춰 섰다.

"……."

"아렌 군? 무슨 일이야?"

미란다 사무장이 뒤에서 말을 걸어도 그는 돌아보지 않았다.

거기서 위화감이 든 사무장이 모퉁이 너머를 엿봤고, 페이도 뒤를 따라 교차로 오른쪽으로 들어가니.

복도에 몸집이 작은 노인이 무릎을 꿇고 있었다.

바닥에 한쪽 손을 짚고 다른 한 손으로 가슴을 억누르며 기침을 심하게 하는 그 모습.

품이 넉넉한 하얀 로브에 금색 자수. 그런 신성한 느낌으로 가득한 의상이 일반적이지 않은 존재라는 사실을 알려주었다.

"……."

그런 노인이 페이 일행의 앞에서 천천히 바닥으로 쓰러졌고.

"이사장님?!"

미란다와 아렌의 비명이 동시에 울렸다.

두 사람이 다급히 노인에게 달려갔다. 그러나 노인은 두 사람이 달려와 말을 걸어도 얼굴을 들지 않았다.

"이사장님! 아렌 군!"

"……네. 역시 무리하셨나 봅니다."

어금니를 깨무는 아렌 사무장 보좌.

"1층에 의무실이 있습니다. 전화하는 것보다 제가 직접 가는 편이 빨라요. 잠시 이사장님을 부탁합니다!"

그는 대답을 듣지도 않고 달려갔다.

이곳에 남겨진 일행이 할 수 있는 일은.

"미란다 사무장님, 안정을 취할 수 있는 곳은!"

"이사장실이 저기야!"

"넬, 왼쪽을 부탁해."

노인의 양옆으로 이동해 둘이서 부축해 노인을 일으켰다.

펄과 레셰가 이사장실 문을 열자 그 안으로 소파가 놓인 응접실이 보였다. 그곳에 노인을 눕힌 페이는 숨을 내쉬었다.

"이걸로 일단은……."

"수고했어. 이제 아렌 군이 의사를 데려와 준다면."

미란다 사무장도 가슴에 손을 얹고 심호흡했다.

그러나 이내 그 자리에서 몸을 굽혀 소파에서 괴로운 듯 신음하는 노인의 얼굴을 들여다보았다.

"이사장님, 바로 의사가 올 거예요. 그러니……."

……쨍그랑.

미란다의 뒤.

열어둔 문 너머에서 무언가가 깨지는 소리가 울렸다. 페이 일행이 돌아보니 새파래진 얼굴로 서 있는 소녀가 보였다.

금색 자수가 빛나는 검은 의례복을 걸친 소녀가.

"……아버님?"

헤레네이어 ○ 미싱.

세계 최강팀 마인드 오버 마터의 리더. 그러나 지금은 그 위엄은 온데간데없었다. 가뜩이나 새하얀 피부인데 핏기까지 가신 안색으로 힘없이 입술을 파르르 떠는 소녀에 불과했다.

바닥에는 깨진 도기 컵.

축 처진 손에는 컵과 알약을 올려두었을 쟁반이 있었다. 마침 아버지를 위해 약을 가져온 참인 듯했다.

"아버님!"

"이미 의사는 불렀어. 본부의 아렌 군이."

미란다 사무장이 돌아보았다.

넋이 나간 채 소리치려는 소녀를 달래듯 차분한 음색으로.

"운이 좋았어. 쓰러지신 순간에 있었거든. 의무실에서 의사가 올 때까지 눕혀드리려고 모시고 온 참이야. 얘네들이."

사무장의 손이 일행을 가리켰다.

그 행동에 헤레네이어가 숨을 죽였다. 바로 그 전까지 그녀의 눈에는 소파에 누운 이사장의 모습밖에 들어오지 않았을 것이다.

"……페이……테오 필스……."

헤레네이어의 시선이 점점 험악해졌다.

숨길 생각이 없다는 듯이, 절대로 우호적이라 할 수 없는 시선으로.

"당신이 아버님을 이리로?"

"……안녕. 처음 보네."

그런 그녀에게 페이는 가볍게 한쪽 손을 들어 인사했다.

솔직히 페이도 예상 밖이었다.

……설마.

……그녀와 이런 식으로 만날 줄은.

돌이켜보면 처음 화면 너머로 이야기했을 때부터, 어딘가 그녀에게선 자신을 향한 적대심에 가까운 무언가를 느끼지 않을 수 없었다.

『신들의 놀이 공략은 이제 그만 하지 않을래?』

그런데 설마, 이런 예상 밖의 형태로 만나게 될 줄이야.

"……."

침묵하는 헤레네이어.

무언가를 말하려다 그만둔다. 다시 무언가를 말하려다 그만두고, 세 번째가 되어서야 입을 열었다.

"너는……."

"헤레네이어! 여기 있었구냥!"

정말이지 엉뚱한 목소리가 들렸다.

문 앞에 선 헤레네이어의 바로 뒤에서.

"……니베 씨."

"응? 잠깐, 헤레네이어. 뒤에 있는 저 인간들은…… 으응?"

붉은 머리 소녀가 이사장실로 들어와 헤레네이어의 옆에 섰다.

레셰는 타오르는 듯한 주홍색.

반면 이쪽의 머리는 더 깊이가 있는 심홍색. 순박하고 어른스러운 얼굴이지만, 어린아이처럼 호기심 가득한 눈이었다.

"오오!"

붉은 머리 소녀가 소리쳤다.

헤레네이어를 돌아보며 히죽거림을 감출 수 없는 표정으로.

"우리 **모습을 보여주지 않는다**고 한 것 아니냥?"

"……죄송합니다, 니베 씨."

고요한 비취색 눈동자에 망설임이 깃든 헤레네이어가 고개를 숙였다.

"……비상사태였습니다. 아버님께스악?!"

헤레네이어가 날아갔다.

고개를 숙인 채 변명하려 한 순간, 그제야 이사장을 발견한 니베가 방해된다면 밀쳤기 때문이다.

"이사장?! 대체 어떻게 된 거냥?! 괴로워하는 것 같은데……."

"지나갑니다! 거기, 비켜주세요!"

허둥대는 발소리.

아렌 사무장 보좌가 데려온 의사들이 이사장실로 밀려들었다. 페이 일행을 무시하고 이사장을 들것에 옮겨 밖으로 나갔고.

다시 정숙이 찾아왔다.

팀『신들의 유희를 내려받은』의 페이, 레셰, 펄, 넬.

팀『모든 혼이 모이는 성좌』의 헤레네이어, 니베.

지금 신들의 놀이에서 세계 최고의 7승이라는 동일 성적을 거둔 팀이 신비법원 본부의 이사장실에서 마주했다.

"……저, 일단 이사장님은 괜찮으실 것 같아서 다행이네."

"팀명."

페이의 말에 대한.

헤레네이어의 답변은 무서울 정도로 냉철했다. 아까까지 아버지를 걱정한 것이 거짓말이었던 것처럼.

"정해졌네. 꽤 거창한 이름으로."

"내가 지은 게 아니야."

"응?"

"친절한 녀석이 정해줬어. 여기엔 없지만."

"……그게 누구?"

그렇게 말한 순간 헤레네이어가 다급히 입을 다물었다.

"……! 아, 아니, 아무것도 아니야."

연보라색 머리카락이 펄럭일 정도로 소녀가 빠르게 뒤를 돌았다. 그 기세로 이사장실 밖을 향해 걸었다.

"당신하고 할 말은 없어. 잘 있어."

"기다려라냥, 헤레네이어!"

꽉!

붉은 머리 소녀 니베가 헤레네이어의 목을 두 손으로 꽉 졸랐다.

페이 일행을 보라며.

등을 돌린 헤레네이어의 목을 쥔 채로 일행을 돌아보게 하려고 강제로 몸을 돌리게 했다.

"으아악?!"

헤레네이어의 입에서 들어본 적도 없는 비명이 울렸다.

"……아……아…… 니, 니베 씨?"

"헤레네이어! 이사장이 신세를 졌다냥. 인사하지 않으면 안 된다냥!"

"……니, 니베 씨…… 모, 목이…… 목이 부러…….."

"상대는 생명의 은인이다냥!"

"……모, 목이…… 숨이…… 말을…….."

목을 붙들린 헤레네이어.

그 손을 풀기는커녕 점점 조이며 페이 일행을 보게 하려는 니베.

"헤레네이어! 어째서 말이 없냥?!"

"……그, 그러니까 목소리가…… 인간의 몸은…… 목을 졸리면 목소리가……."

"응?"

니베가 그제야 헤레네이어의 상태를 깨달았다. 호흡이 곤란해져 새파랗게 변한 얼굴을 빤히 들여다보고는.

"헤레네이어가 새파랗게 됐다냥?!"

"……주, 죽을 것 같아요……."

그제야 풀려난 헤레네이어.

목을 붙들고 기침하는 뒤에서, 두 사람의 발소리가 울렸다.

"허허. 헤레네이어."

"윽, 어르신! ……그리고 나후타유아도……."

헤레네이어의 눈동자가 휘둥그레졌다.

이사장실 복도에 선 사람은 소녀처럼 사랑스러운 용모의 갈색 소년.

그리고 두꺼운 사전을 든 모노클을 낀 청년이었다.

"유희는 끝이구나."

갈색 소년이 생긋 웃었다.

"술래잡기는 들키면 끝이지. 네 경우엔 스스로 모습을 드러내고 만 모양이지만 패배는 패배. 얌전히 포기하거라."

"……딱히 술래잡기를 한 기억은 없습니다만."

동료의 지적에 리더인 소녀가 고개를 돌렸다.

토라진 것처럼 입술을 삐죽 내밀고서.

"……당신들까지 나왔군요. 니베, 당신도."

"응! 어차피 들켰으니 자기소개하자냥! 거기 너!"

척.

붉은 머리 소녀 니베가 힘차게 손가락을 내밀었다.

"페이라는 인간이 맞냥?"

"……어. 아, 응."

"그럼 짐부터 자기소개하겠다냥!"

아까부터 상당히 독특한 말투네.

그렇게 말하고 싶은 마음을 억누른 페이는 마주한 네 사람을 둘러보았다.

……자기소개할 것도 없지.

……세계에서 제일 유명한 네 사람이니까.

"안녕. 마인드 오버 마터지?"

"맞다냥! 짐은 니베. 여기 부끄러운 줄 모르는 녀석이 헤레네이어!"

"……부끄러운 줄 모른다니요…… 딱히 그런 건……."

여전히 고개를 돌린 헤레네이어.

팀의 리더일 텐데 이 네 사람 중에선 묘하게 존재감이 작아 보인다고나 할까, 마치 최연소 멤버 같은 위치였다.

"그리고 이쪽 두 사람도 알려주겠다냥."

붉은 머리 소녀 니베가 뒤의 두 사람을 가리켰다.

—종잡을 수 없는 누긋한 미소를 떠올린 갈색 소년.

—지금까지 한마디도 하지 않고 이쪽과 눈을 마주치려고
하지도 않는 모노클 청년.

"여기 노인네 말투를 쓰는 쪽은 아라 영감."

"허허. 어르신이라 불러도 상관없다."

"여기 무뚝뚝한 쪽은 낫홍."

"……."

아라 영감. 낫홍.

응? 신비법원 사도 데이터에 등록된 마인드 오버 마터의
명부에 실린 그들이 이름이 그렇게 해괴했던가.

얼굴을 마주한 미란다 사무장도 알 수 없다는 듯이 고개
를 갸웃거렸다.

"……아라 영감. 낫홍."

펄이 혼잣말처럼 복창.

"……뭐, 뭔가 독특한 이름이네요. 혹시 닉네임인가요?"

"이름에 무슨 의미가 있지?"

오싹.

숨이 막힐 정도의 한기와 중압감. 페이가 그것을 느낀 직후 생글거리던 니베의 붉은 머리카락이 하늘을 향해 곤두섰다.

그리고는 그 동공이 짐승처럼 가늘어졌다.

"세상만사는 유희. 짐의 이름 또한 유희. 거기에 고집해서야, 얽매여서야 신이라 할 수 없다……냥."

"……뭐?!"

신.

잘못 들었을 리가 없다. 지금 이 니베라는 소녀는 스스로『신』임을 밝혔다. 말뿐만이 아니라, 압도적인 위광으로.

역시.

무한신 우로보로스의 말을 빌리자면 신비법원 본부에 숨은 신은 넷.

그리고『모든 혼이 모이는 성좌_{마인드 오버 마터}』의 **팀원도 넷.**

"헤레네이어!"

이사장실에 불어닥치는 작열의 바람.

붉은 머리 소녀 니베라는 신으로부터 거칠게 뿜어지는 바람을 거스르고 페이가 소리쳤다.

"네게 할 말이 있다! 네가 바라는 건……."

"고마워. 이사장님의 일은 고맙다고 말해둘게."

연보라색 머리 소녀가 다시 등을 돌렸다.

깊숙이 후드를 눌러쓰고 거친 열풍에도 아랑곳하지 않고

복도로 걸어 나갔다.

"그럼 이걸로 끝이죠? 니베 씨."

"좋아, 좋아. 헤레네이어가 예의 있게 굴어서 짐도 만족했다냥! 그럼 또 보자냥~."

쿵!

바람이 한층 강하게 불었다.

피부를 찌를 듯한 작렬의 돌풍에 눈을 감싸며 얼굴을 돌리자.

"……사라졌어?"

눈을 떴을 땐.

바람이 잠잠해졌을 땐, 『모든 혼이 모이는 성좌』[마인드 오버 마터]의 네 사람의 모습은 어디에도 없었다.

이사장실에 남겨지고, 페이를 포함해 모두가 멍하니 서 있었다.

"……이건…… 뭐랄까."

미란다 사무장이 안경을 추켜올렸다.

그 손끝이 살며시 떨리는 것은 자세히 들여다볼 것도 없이 알 수 있었다.

"저기, 페이 군. 이 흐름으로 볼 때 세계 최강팀 마인드 오버 마터의 정체는 신 넷이었다……라는 것 같은데?"

"저도 그렇게 확신했어요."

진홍색 머리를 한 소녀 니베는 분명 신이었다. 그 안광도 그렇고 온몸에서 뿜어진 압도적인 중압감도 그렇고 인간의 것과는 존재의 차원이 달랐다.

……헤레네이어는 물론 뒤의 두 남자도 태연했어.

……네 사람 모두 신이야. 그렇게밖에 볼 수 없어.

그렇다면.

이것은 신비법원의…… 아니, 『신들의 놀이』의 개념을 근본부터 뒤엎게 된다.

신들의 놀이는 인류와 신들의 두뇌전.

인류가 10승을 거두는 것.

신이었던 레셰가 참전하는 것조차 예외 중의 예외였지만 이것은 레셰가 신의 자리를 버리고 인간이 됐기에 **허락된** 일이다.

……신이 다른 신의 유희에 참여하는 건 암묵적인 규칙에 어긋나.

……우로보로스도 그렇게 말했어.

즐겁게 놀기 위해서는 그러는 편이 좋다고 했다.

사실 신비법원의 기록을 확인해도 페이가 아는 한 『신들의 놀이』에서 신이 인간 쪽에 참가한 사례는 없다.

……게임에는 규칙이 있어.

……그걸 모두가 지키니 게임을 즐겁게 즐길 수 있는 거야.

유사 이래 지켜져 왔다.

팀 『모든 혼이 모이는 성좌』의 네 신은 그 규칙을 처음으로 깨뜨렸다.

신 자신의 손으로.

"자, 잠깐만 기다려다오!"

침묵을 깬 것은 넬.

"우리는 그 네 사람이 신이라고 확신했다. ……하지만 이 본부는 그걸 대체 누가, 그리고 어디까지 알고 있는 거지?! 방금 만났던 아렌 사무장 보좌는? 다른 사도와 사무원들은? 그리고 무엇보다 이사장님은?!"

"저도 궁금해요!"

뒤이어 펄.

"그도 그럴 게 헤레네이어 씨…… 이사장님을 「아버님」이라고 불렀잖아요? 그녀의 정체가 신이라면 이사장님은…… 이사장님도 신인가요?"

"잠깐. 침착해, 펄 군."

고개를 저으며 미란다 사무장이 시선으로 소파를 가리켰다.

방금까지 이사장이 누워있던 소파를.

"이사장님은 방금 의무실로 운반됐잖아. 신이 병으로 쓰러지는 게 말이 되겠니?"

"그, 그러고 보니…… 그럼 이사장님은 인간이네요! …… 하지만 그렇다면 이사장님의 딸인 헤레네이어 씨가 신인 건 이상하잖아요. 그렇다면 그녀는 역시 인간일까요?"

"그녀는 신이 아닐까?"

"영문을 모르겠어요오오오오오!"

펄이 머리를 헝클어트렸다.

확실히 슬슬 답을 맞혀볼 필요가 있다.

"레세, 지금까지 들은 것처럼 우리 인간은 알 수 없는데 말이지."

"그 붉은 머리 여자는 **분명**해. 그리고 다른 셋은 **아마도** 그렇지 않을까?"

페이의 옆에서.

그렇게 답한 레세가 복잡한 듯이 미간을 찌푸렸다.

"음…… 하지만 **이사장이라는 노인은 분명 인간이었어.** 단언할 수 있어."

이사장은 인간. 그리고 딸인 헤레네이어는 신.

대체 어떻게 된 일일까.

"이사장님은 자기 딸이 신이라는 걸 알고 계실까. 궁금하지만 본인에게 확인하려 해도 그런 상태시니……."

미란다 사무장이 방법이 없다는 듯이 어깨를 으쓱였다.

"역시 헤레네이어 양에게 물을 수밖에……."

"내가 이야기하지."

문 쪽에서 들리는 발소리.

그리고 페이는 뒤에서 들린 목소리를 들어본 적이 있다.

그립다고 하기엔 너무 이르다.

페이는 1년 전까지는 그의 팀에 있었으니까.

"……케이오스 선배?!"

"1년 만이네, 페이."

페이의 옛 팀, 어웨이킹의 리더 케이오스.

항상 졸린 듯이 흐릿한 눈동자에 한쪽 눈이 가려질 정도로 내려온 푸른 머리.

그런 그가 이사장실을 둘러보았다.

"오랜만입니다, 사무장님."

"어머, 케이오스 군. 오랜만이야. 잘 지내는 것 같네."

가볍게 그렇게 대답한 사무장이 가볍게 손을 들었다.

"여전히 머리가 길구나."

"자르는 게 귀찮아서요."

진심인지 농담인지 알 수 없는 말투의 케이오스.

그런 그를 향해 넬이 긴박한 표정으로 접근했다.

"케이오스 공, 실례하지!"

"응? 뭐야?"

"실례되는 질문을 용서해 주었으면 한다. 귀공은 1년 전 페이 공과 팀원에게 거의 아무 말도 없이 팀을 해산했다고 들었다. 거기에 귀공도 어디론가 홀연히 사라졌다고!"

"……그랬지."

낮은 음색으로 딱 한 마디로 답한 케이오스.

그 눈빛은 긴박감 있는 넬의 눈빛에도 밀리지 않을 정도로 진지했나.

"좋아. 전부 이야기할게."

"아! 이야기해 주실 건가요!"

흥분한 듯이 말을 잇는 펄.

"저는 펄이라고 해요. 페이 씨의 새로운 팀원이고요."

"알아. 너는 펄이고 저쪽은 넬. 너희 활약은 본부에서도 방송됐어. 나도 빠지지 않고 봤거든."

케이오스가 좌우를 둘러보았다.

이사장실 앞 복도. 그곳에 아무도 없는 것을 확인하고서.

"알다시피 나는 1년 전까지 루인 지부에 있었어. 팀 어웨이킹에 루키인 페이가 입단한 덕도 있어서 우리 팀은 좋은 기세를 탔지."

"그, 그래요! 그런데 해산하다니……."

"1년 전의 내겐 동료에겐 말할 수 없는 비밀이 있었어. 아니, 비밀 사명이."

"……비밀이요?!"

"케이오스 공, 그 사명이란!"

곧바로 반응하는 펄과 넬.

그 두 사람을 향해 케이오스가 천천히 입을 열었다.

"……실은 이 세계는 이계에서 온 파괴의 신들에게 침략당하고 있어. 나는 홀로 세계 멸망을 막기 위해 싸우고 있었지."

"뭐?!"

"뭐라고요?!"

"……하지만 나는 그 싸움에서 패배해서…… 이 오른팔과 왼쪽 다리는 기계가 되어 두 번 다시 싸울 수 없게 됐어."

"케이오스 공의, 몸이?!"

"그래. 이건 강철로 만든 의수야."

케이오스는 자신의 오른쪽 어깨에 손을 올렸다.

그런 그는 검은 양복 차림. 팔과 다리도 옷에 가려져 있지만 그 말을 믿자면 옷 아래에는 둔탁한 의수가 있다.

"나는 나를 대신해 사악한 신들과 싸워줄 인재를 본부에서 찾고 있지. 하지만……."

케이오스가 발을 내디뎠다.

의수라는 오른팔을 크게 내밀고 경악하는 펄과 넬을 가리키며.

"나는 확신했다. 너희 둘이야말로 그 운명에 선택받은 전사라는 것을!"

"우리가?!"

"저희에게 그런 재능이?!"

넬과 펄이 얼굴을 마주 보았다.

케이오스의 분위기에 넘어갔는지 두 사람 모두 흥분으로 뺨이 점점 붉어지더니.

"해, 해보자! 동의하지? 펄!"

"네…… 자신은 없지만 세계를 구하기 위해서라면 뭐든 하겠어요!"

"그럼 이 열쇠를 맡기지."

케이오스가 양복 안쪽 주머니에서 작은 열쇠 두 개를 꺼냈다.

그것을 펄과 넬에게 던져주고는.

"이곳 본부 지하에 숨겨진 창고가 있어. 전신 100미터의 신멸기병 『갓 핑거』호에 탑승해. 그리고 파괴신 메가 좀비를 쓰러뜨려!"

"그러지!"

"반드시 나쁜 신을 쓰러뜨리겠어요!"

뜨겁게 악수하는 케이오스, 넬, 펄.

그런 행동을 마지막까지 지켜보고서.

페이는 옆에 있는 미란다 사무장과 살짝 한숨을 쉬었다.

"……저기, 펄, 넬."

"네."

"뭔가, 페이 공."

두 사람이 돌아본다.

그녀들이 소중히 쥐고 있는 열쇠를 황당하다는 시선으로 바라보며.

"그 열쇠, 아마 사물함 열쇠 같은 걸 거야."

"……응?"

"……네?"

"그렇죠? 케이오스 선배."

"음."

앞머리로 한쪽 눈을 가린 남자가 만족스러운 듯이 끄덕였다.

"이건 내 자전거 열쇠야. 다른 하나는 사물함이지."

"……뭐?!"

"……어, 어떻게 된 거죠?!"

넬과 펄이 다급히 열쇠를 응시.

"페이 씨! 대, 대체 어떻게 된 건가요?!"

"아…… 그게 말이지. 케이오스 선배는 진지해 보이지만 의외로 장난기가 많거든."

"더 간결히 말해줄게."

이마를 손가락으로 짚은 미란다 사무장이 한숨 쉬며 말했다.

"케이오스 군이 한 말은 **전부 거짓말이야.** 의수와 사악한 신들이라는 부분까지 전부."

"뭐어어어어?!"

"네에에에에?!"

이사장실 복도에 분노인지 놀라움인지 알 수 없는 외침이 메아리쳤다.

물론, 넬과 펄의 절규였다.

"……케이오스 선배는 옛날부터 그런다니까."

무척이나 진지해 보이는 본인을 흘겨본 페이도 크게 한숨을 내쉬었다.

그렇다.

이 사람이 바로 옛 팀 『각성』의 리더, 케이오스다.

진지한 눈빛으로 태연히 거짓말한다. 참고로 본인은 가벼운 농담이라고 생각하지만 본인의 말투가 너무나도 진지해서 듣는 사람은 속기 쉽다.

"케이오스 선배, 그 거짓말은 언제 생각한 거예요?"

"방금. 나는 100미터짜리 대형 로봇이라고 말한 시점에 거짓말이라는 걸 알 줄 알았는데."

"그게 무슨 말인가요?!"

"그, 그렇다, 케이오스 공! 귀공이 전부 이야기한다고 하니 나와 펄도 진지하게 이야기를 들었는데! 악질이 아닌가!"

"가벼운 농담이야."

전혀 주눅 들지 않는 케이오스.

얼굴을 새빨갛게 물들이고 항의하는 펄과 넬을 교대로

바라보고서.

"하지만 내가 거짓말하지 않은 것도 한 가지 있어."

"한 가지뿐인가요?!"

"나는 게임에서는 거짓말을 하지 않아."

그것이.

무슨 의미이며, 누구에게 하는 말인지.

이곳에서 그 말을 들은 순간 이해한 사람은 페이 혼자뿐일 것이다.

"케이오스 선배?"

"······서서 말하는 건 어색해."

탁한 푸른 머리 청년이 **돌아보았다.**

그 행동을 본 페이는 그제야 깨달았다. 이 순간을 위해 그는 일부러 이쪽을 보지 않고 있었다. 돌아보는 행동을 남겨두었던 것이다.

"페이. 오랜만에 나와 게임 한 판 해볼까?"

"케이오스 공?! 그게 대체 무슨 말인가. 귀공은 옛 팀을 해산시킨 경위를 이야기한다고······ 그런 흐름이었는데 어째서 갑자기 게임 대결 이야기가 나오는 거지?!"

"즐거운 이야기가 아니니까."

케이오스가 머리카락을 쓸어 넘겼다.

긴 앞머리에 가려진 한쪽 눈을 보이는 그 행동이 그의 진심의 증표임을 페이는 알고 있었다.

그렇기에.

"제가 이기면 알려주실 건가요?"

"그래. 나를 게임에서 이기면 네가 알고 싶은 것 이상을 알려주지. 나는 게임에선 거짓말을 하지 않아…… 뭐, 이유가 한 가지 더 있어. 방금 말한 건데…….

케이오스가 품에 손을 넣었다.

거기서 얇은 카드키를 꺼내고는.

"이 이야기는 즐거운 이야기가 아니야. 적어도 게임으로 즐겁게 놀면서 이야기하고 싶어."

Intermission 난폭한 현신과 무패(1 무승부)의 신과 머리 나쁜 바보

God's Game We Play

성천도시 마르 라.

정령 운디네가 수호하는 도시라는 구전이 증명하듯 이 도시는 건조 지대에 있으면서도 과도할 정도로 수자원이 풍부한 것으로 유명하다.

거리 안쪽으로 흐르는 운하.

그 맑은 물은 햇빛을 받아 반짝거린다.

"……"

그런 운하 옆에서 다크스는 팔짱을 끼고 가만히 눈을 감고 있었다.

땡볕에서 다섯 시간.

그 뒤에는 몇십 명이나 되는 여성 팬, 통칭 다크스 걸들이 그의 뒷모습을 촬영하며 함성을 보내고 있었다.

"……늦어!"

다섯 시간의 기다림.

인내심의 한계라는 것처럼 다크스는 눈을 떴다.

"페이여! 이곳에……『신』이 올 테니 상대해달라고 했지. 거신 타이탄은 언제 오는 거지!"

그때.

다크스의 가슴 주머니에서 통신기가 울렸다.

"……켈리치인가. 무슨 일이지?"

『엇갈렸어요. 지금 여기에 거신 타이탄이라고 하는 여자가…….』

"뭐?! 난 이 게이트에서 이른 아침부터 기다리고 있었는데. 도중에 다크스 런치 촬영으로 한 시간 정도 자리를 비우기는 했지만."

『그 다크스 런치 촬영 때에 왔겠죠. 엇갈렸어요.』

통신기 너머로 소란스러운 소리가 들렸다.

켈리치는 신비법원 빌딩 안에서 대기하고 있을 텐데 그쪽의 소란스러운 소리를 들어보니 신이 왔기에 벌어진 소동이 분명한 듯했다.

"지금 바로 가지. 기다려라, 켈리치!"

『저도 점심 먹으면서 기다릴게요. 그럼.』

신비법원 마르 라 지부.

지하 1층으로 달려간 다크스가 본 것은.

"어서 와요, 다크스."

"……엇갈렸던 모양이군."

점심을 먹는 중인 켈리치. 그리고 선글라스를 끼고 얼굴을 찡그린 바레가 사무장.

그리고 박살난 거신상.

"……무슨 일이지?"

마르 라 지부의 거신상은 정령 운디네를 본뜬 상이다. 네 개 중 하나가 원형을 찾아볼 수 없을 정도로 부서져 있었다.

이 수도의 수호신을 본뜬 유서 깊은 거신상.

그것이 무참히 파괴된 것이 아닌가.

"켈리치, 그리고 사무장! 내가 없는 사이에 대체 무슨 일이……!"

"저 녀석이에요."

"저기에 장본인이 있다."

"……응?"

두 사람이 턱으로 가리키는 곳.

망가진 거신상 파편에 뒤덮인 몸이 큰 여자가 바닥에 드러누워 있었다.

가장 큰 특징은 화려한 용암색 긴 머리카락. 마르 라에선 보기 드문 기모노 차림이었는데, 바닥에 쓰러져 몇 번이고 뒤척였는지 가슴팍이 벌어져 칠칠치 못한 모습을 드러내고 있었다.

"……으음……."

큰 여자의 힘없는 신음.

그 오른손에는 맥주병.

자세히 보니 바닥에도 몇 개의 맥주캔이 굴러다니는 것이 아닌가.

"……이상해…… 우로보로스가 말했던 「거품이 뿜어 나오는 음료」는…… 이 「사이다」일 텐데…… 머리가 아파……."

"취한 모양이다."

다크스의 뒤에서 바레가 사무장이 한숨을 쉬었다.

"타이탄 님."

"……응……."

"타이탄 님께서 마신 것은 맥주로, 사이다가 아닙니다."

"뭐?!"

"그리고 술에 취해 거신상을 파괴. 신이라지만 기물 파손은 범죄입니다."

"……으으…… 미안…… 거신상은 고쳐줄게……."

몸을 데굴 굴리면서 용암색 머리의 신이 일어났다.

그러는가 싶더니 휘청휘청 벽에 손을 짚고 몸을 앞으로 숙였다.

"……토할 것 같아."

"술을요?"

"마그마."

거신 타이탄의 대답에 그곳에 있는 전원의 표정이 얼어붙었다.

"큭…… 이대로는 화산이 분화하듯 토할 것 같아……."

"기다리십시오!"

"누가! 지금 당장 타이탄 님께 물을!"

"의료실에서 숙취 제거제를 가져와! 이 도시가 소멸한다!"

순식간에 벌어진 대소동. 다급히 비상계단을 오가는 사무원과 새파래진 얼굴로 다시 쓰러진 타이탄을 보고서.

"켈리치여, 페이에게 전해라."

다크스는 그 자리에서 몸을 돌렸다.

"여기엔 신이 오지 않았다. 온 것은 평범한 주정뱅이다."

"그는 루인 지부에 없어요. 아마 본부에 간다고 했던 것 같은데요."

"……뭐?"

켈리치의 보고를 받고서 잠시 침묵.

그 후 다크스는 눈을 반짝이며 대범한 미소를 떠올렸다.

"재밌군! 페이여, 기대하고 있으마!"

━━━━━━

그것과 같은 시각.

성천도시 마르 라에서 아득히 먼 곳.

다만 물리적인 거리가 아니라 인간 세계와 영적 상위 세^{엘리먼츠}계라는, 그야말로 차원 단위의 간격이 있는 공간.

신의 미로 루셰이메어.

전대미문의 미귀환 사건을 일으킨 초거대 미궁의 안쪽에는 신에게 도전하기 위한 투기장이 있다.

그곳에서.

"나다!"

투기장에 사랑스럽고 활기찬 목소리가 울렸다.

경쾌한 발걸음으로 다가온 것은 가슴에 『무패』라는 두 글자가 적힌 수영복 차림의 소녀, 무한신 우로보로스.

"무패인 내가 놀러왔다!"

"……."

고요한 투기장.

원래 이곳에서 라스트 보스가 기다리고 있어야 하지만, 우로보로스의 앞에는 높이 2미터 정도의 피라미드가 덩그러니 설치되었을 뿐이다.

명계신 아누비스의 묘.

그것을 빤히 들여다본다.

"저기~? 내가 왔어. 인기 많은 내가 만나러 왔는데?"

"……."

묘는 침묵.

그도 그럴 터. 명계신 아누비스는 게임 설정상 『죽어있다』.

미궁의 모든 장치를 공략하고 해방치 100퍼센트를 달성해야만 부활한다. 라스트 보스에게 볼일이 있다면 먼저 이 미궁에 도전…….

"얼른 나와, 머리 나쁜 바보."

"짐이 어딜 봐서 바보라는 거냐아아아아!"

폭발했다.

얼어붙은 듯이 침묵하던 피라미드가 분화된 것처럼 성대하게 폭발하더니 구릿빛 피부의 신이 뛰쳐나왔다.

"묘 안에서 기분 좋게 잠들어 있었는데, 아까부터 시끄럽게 굴기는!"

노란색과 검은색 줄무늬 모양을 한 지팡이를 들고서.

일부분만 금색인 푸른 머리를 나부끼는 소녀가 투기장 위에 착지했다.

"짐이야말로! 이 미궁의 신이자 라스트 보스인 명계신……."

"그런 건 됐으니까!"

"되긴 무슨?!"

혈색 좋게 상기된 명계신이 고개를 붕붕 옆으로 저었다. 그리고서 우로보로스를 머리끝부터 발끝까지 가만히 바라보고는.

"……어째서 수영복?"

"그 일로 널 만나러 왔지!"

"호오?"

"가슴을 크게 만들어주는 약을 줘!"

허리에 손을 얹은 우로보로스가 오른손을 내밀었다.

마치 부모에게 과자를 조르는 어린아이와 같은 행동이었다.

"무한히 성장하는 나지만, 몸이 자연스럽게 성장하기를 기다리는 건 시간이 너무 오래 걸려. 난 지금 바로 결판을 내고 싶거든. 이 미궁은 유쾌한 아이템이 많으니 그런 약 한두 개쯤은 있을 것 아니야?"

"아니, 없는데."

"……."

다시 정숙이 찾아온 미궁.

손을 내민 채 경직된 우로보로스의 뒤로 파후라고 불리는 갈색 털뭉치 몬스터가 느긋하게 지나갔다.

"아니, 있을 거다! 내 직감이 그렇게 말하고 있어!"

그러나 우로보로스는 포기하지 않았다.

"자! 지금이라면 내가 손수 사인한 색지와 교환해주마!"

"없는 건 없다니까……. 아니, 기다려라!"

명계신이 눈을 부릅떴다.

우로보로스의 정면으로 몸을 반전. 그리고 자신의 가슴 부근을 두 손으로 조물조물하고는.

"……음, ……마침 이 크기라면…… 흠…… 도망치지 마!"

"뭐 하는 거야?"

"완성했노라!"

명계신 아누비스가 힘차게 돌아보았다.

그 두 손을 허리에 얹고서 가슴을 강조하듯 몸을 젖히며.

"이것을 보아라!"

"오오오!"

눈이 휘둥그레진 우로보로스.

돌아본 아누비스의 가슴이 순식간에 더욱 풍만하게 자라 있었다. 검은 속옷 밖으로 흘러나올 정도의 압도적인 박력이 있었다.

"그거야, 그거! 그것이 바로 내가 바라던 것! 어떻게 한 거야?!"

"후후후. 이 녀석이지!"

아누비스가 옷의 가슴 부근을 바깥으로 잡아당겼다.

어깨가 노출된 탱크톱에 가까운 옷을 잡아당긴 순간, 가슴의 옆 부분에서 갈색 털뭉치가 튀어나왔다.

『파후~!』

"이, 이 녀석은 파후인가?!"

밖으로 튀어나온 소형 몬스터를 몹시 놀란 눈빛으로 올려다보는 우로보로스.

그렇다.

아누비스는 두 가슴에 파후를 두 마리 넣어뒀던 것이다.

"이걸로 순식간에 가슴을 크게 만들지!"

"오오오"!

"거기다! 가슴을 더 크게 하고 싶다면 이 사과를 가슴에 넣으면 된다!"

"우오오오오오오오?!"

미궁 루셰이메어의 명물, 살인 사과.

보기엔 윤기가 흐르고 맛있어 보이는 사과지만 틀림없이 미궁을 대표하는 흉악 장치다. 공략에 도전하는 플레이어들의 앞을 거듭 가로막고(주로 펄의 앞을) 피 튀기는 재시작으로 이끌었던 것도 얼마 전 일이다.

"너, 역시 바보지?"

"짐이 어딜 봐서 바보라는 거냐아아아아아?!"

"실례했어!"

미궁 루셰이메어에는 원하는 것이 없었다.

그것을 깨달은 우로보로스는 다음 여행에 나섰다.

이것은 모두 풍만한 발육을 위한 길. 신비법원 본부에 간다는 목적 따위 완전히 잊어버린 우로보로스는 다음 엘리먼츠를 향해 떠났다.

"누구! 누구 없느냐! 가슴이 풍만해지는 비결을 알려줘!"

그러나.

전지전능한 우로보로스는 초조한 나머지 잊고 있었다.

신들의 놀이를 담당하는 수많은 신들. 그 신 중에는 미궁 루셰이메어와 마찬가지로 『미궁』 게임을 좋아하는 신이 있다는 것을. 그 신은 바로……

어느 엘리먼츠.

이곳은 흙냄새가 가득한 지하 미궁.

지하다 보니 벽과 천장도 흙으로 만들어져 있다. 그 광장에서.

"헉?!"

"응? 왜 그래, 미노짱."

"지금 누가 부른 것 같았어!"

일본의 카드놀이인 카루타를 즐기던 두 신.

미노짱이라 불린 신이 소의 귀를 쫑긋 새우며 돌아보았다.

"나 인수신 미노타우로스를 부르는 목소리가 들렸어!"

"……아니, 안 들렸는데."

다른 한쪽.

바다색 후드가 달린 의상을 걸친 소녀가 멍하니 중얼거렸다. 카루타를 손에 들고 앉아, 뒤에는 애용하는 삼지창이 땅에 꽂혀 있었다.

해신 포세이돈.

이 바다의 신은 인수신 미노타우로스와는 서로를 『돈짱』, 『미노짱』이라고 부르는 친구 사이다.

"미노짱, 카루타에서 질 것 같다고 그런 뻔한 변명을."

"아, 아니야! 확실히 들렸어. 나를 찾는 목소리가!"

"이 몸은 못 들었어."

빨리하라고.

어린아이처럼 계속 카루타를 하라고 재촉하며 땅을 두드렸다.

"이 몸이라면 몰라도 미노짱에게 도움을 요청할 리가. 미노짱의 장점이라곤 그 커다란 가슴뿐인데."

"그러게 말이야."

"큭?! 이 몸이 도발할 생각이었는데, 어쩐지 네가 자랑하는 것 같구나!"

"후후. 돈짱은 귀엽다니까. 자, 이리 와."

미노타우로스는 『소』의 신.

그 외견의 최대 특징은 크게 부푼 풍만한 가슴이다.

돌아보기만 했을 뿐인데 날뛰듯 흔들리는 압도적인 풍만함. 일찍이 그것을 목격한 레셰와 넬이 그 크기에 비명을 질렀을 정도다.

"그러네. 내 장점이라고는…… 고작 가슴이 크다는 점과 목소리가 귀엽다는 점, 포용력이 있고 너그럽고 온화하다는 점, 유희를 잘한다는 점 정도니까……."

"결국 자랑이구나, 미노짱."

포세이돈을 끌어안은 미노타우로스.

너무나도 풍만한 가슴이 짓누르는 탓에 포세이돈의 머리가 절반쯤 그 계곡에 파묻혔다.

"음. 하지만 확실히 들린 것 같은데……."

"기분 탓이겠지. 어느 뱀이 바보 같은 말을 하고 있지만 들을 필요도 없다."

"역시 들렸잖아."

"이 몸의 카루타 놀이를 방해받을 수는 없지."

"그러네!"

이리하여.

사이좋은 두 신은 우로보로스의 목소리를 무시하고 카루타 놀이를 계속했다.

Player.4 팀 「각성」 —인신결전—

어웨이킹 라그나리그

1

신비법원 본부.

그곳이 위치한 곳은 고도 1만 미터 이상. 푸른 하늘 속에 작은 하얀 점처럼 보이는 신화도시 헤케트 셰에라자드 안에서.

"플레이 룸이 한 군데 비었어. 여기로 할까."

본부 2층 안쪽.

그 문 너머에는 대면식 사각 테이블이 열 개 이상 놓여 있었다.

특징이라면 모든 테이블에 놀이용 주사위와 연필이 놓여 있는 점. 또한 천장에는 테이블과 같은 수의 카메라가 매달려 있었다.

방송 기재도 완비되어 있다.

"보다시피 보드게임을 위한 연습실이야. 내가 빌려뒀지."

방으로 들어간 케이오스가 중앙 테이블을 가리켰다.

이 탁자에서 하자는 듯이.

"미란다, 이 방 마음에 들어!"

"동감입니다, 레오레셰 님. 루인 지부에도 마련하고 싶네요. 설비가 비쌀 것 같지만요."

흥미진진하게 실내를 돌아다니는 미란다 사무장.

"……그래서, 케이오스 군. 이래저래 무정한 너치고는 꽤나 공들인 제안을 했네."

탁자에 앉은 페이와 케이오스.

그 두 사람을 보며 미란다 사무장이 신기하다는 듯이 팔짱을 꼈다.

"이야기를 확인하자. 너희 둘이서 게임 대결을 하고, 만약 페이 군이 이기면 자세히 이야기해준다는 거지?"

"네."

고개를 끄덕인 케이오스가 맞은편에 앉은 페이에게 시선을 돌렸다.

"페이. 1년 전 내 멋대로 팀 어웨이킹을 해산한 건 미안하게 생각해. 물론 다른 팀원들에게도."

"……그래요."

쓴웃음으로 응수.

솔직히 그때의 심정을 돌이켜보자면 적어도 한 마디라도 사정을 이야기해 달라고 항의하고 싶지만.

"제가 이기면 이야기해 준다니 열심히 도전할게요."

"네가 알고 싶어 하는 것 **이상**을 이야기해 주지."

"……."

뭔가가 걸린다.

케이오스는 아까와 같은 말을 했다. 알고 싶은 것 「이상」 이란 무엇일까? 일부러 반복해서 말하니 뭔가가 걸리는 느낌이다.

"그럼 선배, 어떤 게임을 할 거예요?"

방 안쪽에는 놀이 상자가 몇십 개나 놓인 선반이 있었다.

저 보드게임 중 무언가를 고르려는 걸까.

다만.

선반을 보니 페이는 저 게임을 전부 플레이해 봤다.

"페이, 너는 성천도시 마르 라에서 『마인드 아레나』를 경험해봤지?"

"잘 아시네요."

"그 시합도 본부에선 떠들썩했어. 좋은 대결이었지."

케이오스가 꺼낸 것은 어떤 오래된 책.

아니, 닳고 닳은 책 커버를 여니 공간이 있었다.

책처럼 생긴 게임 수납 상자.

그 상자에는 열여섯 장의 카드가 담겨 있었다.

"그 『마인드 아레나』는 과거 신들의 놀이에서 인류가 경험한 게임을 참고해서 만든 거야. 지금부터 우리가 할 게임도 그렇지."

"……이 카드 게임이?"

"그래. 아주 먼 옛날 신들이 가져온 유희가 바탕이 된 게임이지."

태고의 유희?

확실히 페이도 처음 보는 카드 게임이지만 이 열여섯 장은 먼 옛날부터 존재했다고 하기엔 너무나도 아름다웠다.

현대적인 일러스트에, 무엇보다 현대어로 글자가 인쇄되어 있었다.

다시 말해 거짓말.

케이오스의 버릇인 「진지한 얼굴로 말하는 농담」일 것이다.

"정확히는 내가 만든 복제품이야. 먼 옛날에 즐겼던 카드 게임을 번역하고 아는 일러스트레이터에게 그림을 부탁했지. 인쇄 잘 나왔지?"

"……흠. 그래서 어느 도시에서 파는 게임인가요?"

"이건 거짓말이 아니야."

"헷갈리게 하기는?!"

철회. 이것은 거짓말이 아닌 모양이다.

그러자 그 말을 들은 레셰가 눈을 반짝였다.

"저기, 인간! 이거 나한테 팔아!"

"흠…… 확실히 나도 상품화를 고려했는데."

의외로 케이오스가 진지하게 받아들였다.

"열의있는 스폰서를 모집하자. 나와 페이의 게임을 보고 흥미가 생겼다면 꼭 연락을. 이건 전자단말을 통해 전 세계 플레이어가 즐기는 인터넷형 대전 카드 배틀이야. 사업 연락은 신비법원 공학부, 놀이 도구 부분…… 줄여서 —MF부문J 앞으로."

"누구에게 하는 말인가요?!"

"유희를 사랑하는 사람으로서 세계에 널리 알릴 의무가 있지."

열여섯 장의 카드를 책상 위에 놓기 시작한 케이오스.

펄과 넬, 그리고 레셰와 미란다 사무장의 시선이 모이는 가운데.

"이것도 상업화를 위한 테스트 플레이. 다시 말해 아직 시작 단계지. 번역자인 나도 딱히 이 게임을 잘하는 건 아니야."

"그럼 게임의 규칙은요?"

"『숫자가 강한 카드로 겨루기』야. 저기에 코인이 있어. 포커처럼 자신의 카드에 자신이 있으면 코인을 많이 걸고 자신이 없으면 포기. 강함의 기준이 되는 숫자는 카드에 적혀 있어."

열여섯 장 카드의 특징.

페이가 제일 먼저 신경 쓰인 것은 대부분의 카드에 「인(人)」, 「신(神)」이라는 문자가 각인되어 있다는 공통점.

"알겠어? 우리는 『신 덱 여섯 장』과 『인류 덱 여섯 장』 중 하나를 골라 겨루는 거야. 이게 고대 카드 『인신결전』_{라그나리그}이지."

고대 카드 게임 『라그나리그』.

【게임 규칙】

① 『신 덱』, 『인류 덱』 중 하나를 선택.

덱을 선택 후, 서로의 덱에서 한 장을 무작위로 버린다.

※어떤 카드가 버려졌는지 상대는 알 수 없음.

남은 다섯 장의 카드로 대결한다.

② 매 턴, 카드를 「뒤집은 채」 겨룬다.

(서로 상대가 어떤 카드를 꺼냈는지는 대결 결과로 추측할 수밖에 없음)

판정은 기계에 따른 자동 판정.

공격력(카드 좌측 상단) 숫자가 큰 쪽이 승리하지만 카드 효과에 따라 그걸로 끝이 아닐 수 있음.

한 번 꺼낸 카드는 제외한다(「사도」, 「치유사」는 예외).

③ 서로 코인을 10개씩 소지. (이하 포커 규칙을 따름)

매 턴 시작 시, 참가비로 코인 1개를 제출.

콜 = 서로 같은 수의 코인을 걸고 대결. 승자가 코인을 전부 획득.

레이즈 = 상대가 건 코인을 상회하는 코인 수를 제시함 = 강경한 콜.

홀드 = 상대의 레이즈에 콜하지 않고 부전패(최소한의 코인을 잃고 끝남). 이것은 배틀 전 패배이므로 배틀로 보지 않는다.

④ 대결은 원칙적으로 5턴.
다만 「사도」, 「미이프」, 「치유사」, 「여행자」는 카드를 늘리거나 유지하는 효과가 있어서, 카드가 남아있는 한 최대 7턴까지 대결함.

⑤ 모든 턴이 종료 후 소지 코인이 많은 쪽의 승리.

"너라면 이미 머릿속에 넣어뒀겠지."
케이오스가 두 전자단말을 꺼냈다.
모니터에는 『라그나리그』라고 표기된 화면이 떴다. 시작품이라지만 게임 화면은 알아보기 쉬울 정도로 뛰어났다.
"플레이는 이 단말에 있는 앱을 이용. 화면에 표시된 카드를 터치하면 카드가 선택되고 코인을 터치하면 코인이 선택돼."
"……알겠어요."
게임 마스터
제작자인 케이오스.
게임 비기너
첫 도전인 페이.
지식의 차이는 어쩔 수 없지만 이 게임은 **카드 효과를**

01 | 【신】 미이프

플레이 후, 추가 카드 【창조】를 한 장 선택해 손에 넣는다.

04 | 【신】 성령

이 카드로 패배하면, 인간 측의 카드를 한 장 지정해 버리게 할 수 있다.

05 | 【신】 수호수

적 카드의 효과를 받지 않는다.
(용사, 마법사를 이김).

01 | 【인간】 마법사

이 카드의 공격력은 상대의 공격력을 복사한다.

02 | 【인간】 여행자

플레이 후, 추가 카드 【천지】, 【창조】 중 원하는 것을 한 장 입수.

04 | 【인간】 용사

신과 전투 시에 +99 (수호수에겐 무효). 해당 턴의 습득 코인이 세 배가 된다.

99 | 【천지】 창조주

사용 후에 소멸한다.
다음 턴에 반드시 꺼 내야 한다.
사도와의 배틀에서만 양쪽 모두 패배가 된다.

고대 카드 게임 『인신결전』

07 | [신] 마신

이 카드로 패배하면 상대 카드를 볼 수 있다.

09 | [신] 신룡

이 카드로 배틀에서 승리하면 신 팀의 승리가 된다.
이 카드는 【창조】의 효과를 받지 않는다.

11 | [신] 사도

이 카드로 승리하면 소비되지 않고 다시 플레이어의 소유가 된다.

06 | [인간] 현자

강제로 코인 두 개 이상을 걸어야 한다.
그 턴에서 인간측은 코인을 잃지 않는다.

06 | [인간] 함정 세공사

이 카드로 승리하면, 신 팀의 카드를 보고 상대가 다음에 꺼낼 카드를 지정할 수 있다.

08 | [인간] 치유사

이 카드는 사용 후에도 소유 카드로 남길 수 있다. 또한 소유한 카드에 사용하면 +2의 장비 카드가 된다.

00 | [천지] 이름 없는 아이

카드 세팅 시, 수중에 없는 인간 측 카드 한 장을 선택해 그 카드의 효과를 얻는다.

[창조] 번개와 검

【인간】, 【신】중 어느 한 쪽의 카드를 +5.

[창조] 날개와 방패

【인간】, 【신】중 어느 한 쪽의 카드를 −5.

올바르게 이해한다면 심리전 결과에 따라 어느 쪽으로도 승리의 저울이 기울 것이다.

……케이오스 선배는 전면전을 바라고 있어.

……그리고 실제로 이 게임은 지식과 정석보다 심리전이 더 중요하지.

지식, 기술의 우열은 뒤집을 수 있다.

다만.

신 덱과 인간 덱.

첫인상으로 말하자면 누구나 생각할 것이다. **신 덱이 더 강하지 않아?** 하고.

"그럼."

전자단말 한 대를 내민 케이오스가 다른 전자단말을 잡았다.

"나는 신 덱을 할게."

"자, 잠깐만요?!"

페이가 입을 열기도 전에 뒤에서 카드를 들여다보던 펄이 소리쳤다.

그러나 이미 늦었다.

페이의 화면에는 이미 케이오스 쪽이 「신 덱」, 페이가 「인류 덱」으로 결정됐다.

"불공평해요! 며, 명확하게 신 덱이 더 강하잖아요!"

"어째서 그렇게 생각하지?"

"어…… 그, 그건…… 그렇죠? 넬 씨!"

"……음. 나도 그렇게 보인다만."

넬도 조심스럽게 수긍.

"특히 이 『사도』와 『신룡』은 확연하게 게임의 밸런스 브레이커다!"

【신】『사도』 파워 11.
계속 승리하는 한 플레이어가 소유할 수 있다.
【신】『신룡』 파워 9(인간 측 모든 카드보다 강함).
이 카드로 배틀에서 승리한 순간 게임 자체에서 승리가 된다.

『사도』는 덱 전체에서 최강 카드이면서 몇 번이고 꺼낼 수 있다.

『신룡』은 이 카드 한 장으로 게임을 끝낼 수 있다.

확연한 밸런스 브레이커.

……물론 인류 덱도 대항 수단이 없는 건 아니야.

……『용사』라면 그 두 카드를 이길 수 있어. 『마법사』도 무승부가 돼.

그러나 심리전은 불리.

특히 『신룡』이 제일 두렵다. 저 카드가 나온 턴에 반드시 이쪽도 『용사』나 『마법사』를 꺼내야 한다. **틀리면 패배한다.**

……전 5턴 중 언젠가 『신룡』이 나오겠지. 몇 턴에 나올까?

……『용사』와 『마법사』 두 장이 있어도 『신룡』과 맞설 확률은 5분의 2야.

다시 말해 5분의 3은 패배다.

인류 덱의 승률은 40퍼센트를 웃돌 수 없다. 그렇게 보이지만.

"올바른 이해야. 신 덱이 초반 심리전에서 유리한 건 분명하지."

자신의 화면을 내려다보는 케이오스.

모니터의 푸른빛으로 피부가 푸르게 물들어 있었다.

"하지만 페이. **네가 인류 덱을 사용하는 것엔 의미가 있어.**"

"『마인드 오버 마터』가 신 팀이고 우리가 인간 팀이라서요?"

"잘 아네."

케이오스가 즐거운 듯이 입가를 들어 올렸다.

"신들에게 도전하는 네가 신 덱 정도를 무서워하면 곤란하지."

"……선배가 그걸 보고 판단하는 역할이라는 건가요?"

"나는 그냥 자질구레한 도구지. 그럼 게임 설명으로 돌아갈 텐데, 게임 시스템상 제삼자의 심판이 있어. 이번엔 기계의 자동 판정에 맡길 거지만."

이 게임은 **카드가 한 번도 드러나지 않은 채 진행된다.**

예를 들어 1턴 째.

페이가 『현자(공격력 6)』을 꺼낸다고 하자.

케이오스가 『???(뒷면)』을 꺼낸다.

페이가 이기면 케이오스의 카드는 『미이프』, 『성령』, 『수호수』(현자의 공격력 6보다 낮음) 중 하나라고 추측할 수 있다. 반대로 페이가 진다면 『마신』, 『사도』 중 하나가 된다. (『신룡』에게 패배하면 게임 그 자체가 종료.)

······불완전 정보 게임.

······심판의 판정으로 상대의 카드를 얼마나 정확히 추측하는지가 승패를 결정해.

고작 여섯 장의 카드.

그러나 「항상 카드를 뒤집은 채 겨룬다」는 규칙이 게임을 복잡하게 만든다.

"게임이 시작되면 서로의 덱 여섯 장에서 한 장을 버리는 랜덤 드롭이 있어. 기계가 무작위로 선출하지."

『랜덤 드롭.』

『신 덱, 인류 덱에서 랜덤으로 한 장을 창고에 수납합니다.』

페이의 화면 위.

인류 덱 여섯 장이 표시된 채 빙글빙글 회전하더니 한 장이 날아갔다.

한 장이 필드 밖으로.

남은 다섯 장이 페이의 카드가 된다.

……『함정 세공사』, 『현자』, 『여행자』가 버려진다면 좋지. 『치유사』도 허용범위.

……『용사』, 『마법사』만큼은 남아줘.

회전이 멈춘다.

남은 다섯 장을 확인하고.

"……."

그렇군.

자신의 비운에 페이는 내심 쓴웃음을 금할 수 없었다.

"지금부터 5분간 작전 타임이다. 1턴에 어떤 카드를 꺼낼지 생각할 시간이 주어지지. 그 사이엔 미란다 사무장님."

케이오스가 새로운 카드키를 꺼냈다.

사무장에게 그것을 던져 건네고는.

"옆방이 모니터 룸이에요. 저와 페이의 게임을 관전용 화면에서 볼 수 있도록 설정되어 있죠. 그것도 큰 화면으로. 여기서 우리의 전자단말을 들여다보는 것보다 훨씬 재밌을 겁니다."

"준비성이 좋네."

미란다 사무장이 몸을 돌렸다. 손가락으로 카드키를 빙

글빙글 돌리며 다른 손으로 펄과 넬, 레셰에게 손짓했다.

"그럼 우리는 이동하자."

펄, 넬, 레셰가 뒤를 따라 퇴실.

남겨진 것은 두 사람뿐.

1년 전, 『어웨이킹』의 리더였던 케이오스와 신입이었던 페이.

서로 말이 없었다.

덱 다섯 장의 텍스트를 뚫어지게 응시하며 머릿속에서 가상의 턴을 그렸다.

어떤 카드를 어떤 턴에 꺼낼 것인가.

……주어진 이 5분은 첫 카드만 생각하는 시간이 아니야.

……내겐 인류 덱 그 자체의 전략을 결정짓는 시간이지.

시간이 너무나도 **빠르게** 흐른다.

순식간이라고 느낄 정도로 5분이 흘렀다.

"5분은 금방이네."

벽시계를 올려다보는 케이오스.

안정된 분위기로 볼 때 그는 이미 모든 턴의 시뮬레이션을 마쳤을 것이 분명하다.

"넌 이 게임이 처음이야. 필요하다면 작전 타임을 5분 추가할까?"

"괜찮아요."

화면에 표시된 다섯 장의 카드를 응시한 페이가 *끄덕*였다.

"시작하죠, 선배."

＝＝＝＝＝＝

같은 시각.

옆방 모니터 룸에서는.

미란다 사무장을 따라 세 소녀가 들어왔다.

"사무장 공! 빨리 모니터를 켜야 한다!"

"자자, 침착해, 넬 군…… 어디 보자, 이 버튼으로……."

천장에 달린 대형 모니터가 기동.

미란다 사무장이 코치용 좌석에 앉았고 그 뒤에는 넬, 펄, 레셰가 선 채로 모니터를 올려다보았다.

"아! 나왔어요!"

펄이 가리킨 화면에 비친 것은 검은 머리 소년 페이와 가다듬지 않은 푸른 장발의 케이오스.

뒤이어 그 화면이 바뀌고.

우선 플레이어 1(케이오스)의 화면.

케이오스가 보는 화면일 것이다. 그의 카드인 신 측의 다섯 장은 보이지만 대전 상대인 페이의 카드는 전부 뒤집혀 있었다.

"이게 케이오스 공의 카드인가!"

넬이 흥분한 듯이 모니터를 들여다보았다.

신 덱 다섯 장은.

"우선 『미이프』! 그리고 『수호신』과 『성령』⋯⋯."

"『사도』도 있어요. 파워가 11인 카드가 보이니까요!"

뒤이어 펄도 참전.

"남은 한 장은 파워가 9네요. 해당하는 카드는⋯⋯ 아!"

펄이 숨을 죽였다.

신 덱에서 파워 9를 자랑하는 카드는 『신룡』.

이 『신룡』이 승리한 시점에 게임 자체의 승리가 된다. 무엇이 무서운가 하면 **인류 덱에서 가장 강한 카드가 파워 8**이라는 점이다.

"다섯 장 모두 좋네."

레셰가 진지한 얼굴로 끄덕였다.

"방금 랜덤 드롭. 신 덱에서 빠진 것은 『마신』이네. ⋯⋯페이가 대항할 수 있는 인류 덱은 『용사』, 『마술사』 두 장뿐이고."

한 장도 빠져선 안 된다.

신 측의 강한 카드 두 장을 인류 측의 강한 카드 두 장으로 상쇄해야만 하기 때문이다.

그럼 페이 측 카드 다섯 장은 어떨까?

"사무장님, 빨리요, 빨리! 페이 씨의 카드도 보여주세요!"

"알았어. 이건가?"

영상이 바뀌었다.

페이 시점의 화면으로.

"아! 됐다. 『마법사』가 있어요!"

마법사는 최약이지만 상대의 공격력을 복제할 수 있는 효과를 지닌다.

신의 거의 모든 카드와 비길 수 있는 인간 측의 핵심 카드 중 하나이다.

"그 옆에 있는 게 『치유사』, 『함정 세공사』, 『현자』…… 그리고 공격력이 2인 카드니까 『여행자』! ……자, 잠깐. 이게 전부라면…… 설마?!"

페이의 다섯 장.

거기에 『용사』는 없었다.

"에고. 페이 군은 꼭 이럴 때 뽑기 운이 참 없다니까."

"……이쪽 카드는 큰일이네."

머리를 감싸는 미란다 사무장.

그 뒤에서 레셰조차 쓴웃음을 지었다.

"신 측의 승리 방법은 무척 많아. 우선 5턴 중 어디선가 『신룡』을 내는 것. 거기에 페이가 딱 맞춰 『마법사』를 내지 않으면 패배."

"그럴 확률은 5분의 1이잖아요?!"

"맞아. 이것만 봐도 승률은 20퍼센트 이하. 게다가 일찍 『신룡』을 막는다 해도 이쪽이 『마법사』를 소모하면 다음 턴부터 『사도』에 유린당해. 최강의 공격력 11을 몇 번이든 꺼낼 수 있으니까."

"패배가 거의 확정된 거나 마찬가지잖아요?!"

"카드의 강함으로 보면 그렇지."

"네?"

"펄, 이걸 잊었어?"

아쉬워하는 펄에게 레셰가 무언가를 던졌다.

반짝이는 황금색 궤적.

허공을 건너 펄의 손에 들어온 것은 테이블에 쌓여 있던 코인. 방금 있던 방에서 살짝 가져온 모양이다.

"이 유희는 카드의 강함을 겨뤄 **코인을 쟁탈하는 것이** 핵심이야."

"……허세인가!"

펄 대신 소리친 사람은 넬이었다.

누구보다도 북메이커 전에서 통감했으리라.

포커의 강함이란 카드에 달린 것이 아니다. 카드가 약하기에 그것을 들키지 않도록 행동해야 한다.

『네게도 이길 방법은 있었어.』

『허세를 부려야 할 건 너였지.』

이쪽은 용사와 마법사가 양쪽 모두 있다고.

결사의 의지로 케이오스가 착각하게 만든다. 케이오스는

페이의 카드 중 무엇이 버려졌는지 알 수 없으니까.

"……들키면 안 되겠네."

미란다 사무장이 모니터 앞에서 팔꿈치를 받쳤다.

"두 사람은 원래 같은 팀이었으니 서로의 버릇을 알고 있을 거야. 너무 강하게 나가는 레이즈로 위화감을 주면 역효과지. 「용사나 마법사 중 무언가가 빠졌다」는 것을 들키는 순간 『사도』와 『신룡』을 계속 내서 게임이 끝날 거야."

"……페이 공에겐 항상 살얼음판 위를 걷는 대결이군."

넬의 중얼거림과 동시에 사무장이 카메라를 바꾸었다.

중앙 카메라.

페이, 케이오스의 모습을 비치는 영상으로 변경되고.

『시작하자. 제1턴이야.』

카메라를 통해.

끝을 모를 긴박함으로 고요해진 방에서 케이오스의 선언이 울렸다.

=========

【제1턴 개시】

플레이 룸.

옆방에서 레셰 일행이 지켜보는 가운데, 페이는 자신의

화면을 계속 응시했다.

"……"

페이의 카드 다섯 장(공격력).

치유사(8), 함정 세공사(6), 현자(6), 여행자(2), 마법사(1).

『용사』가 빠졌다.

게임이 시작할 때 랜덤 드롭으로 인류 덱 비장의 카드가 사라졌다.

……자, 어떡할까. 케이오스 선배는 어떻지?

……랜덤 드롭으로『사도』와『신룡』중 하나가 빠졌을 가능성은 있어.

한족이 버려질 확률은 6분의 2. 다시 말해 3번에 한 번은 일어날법한 일이다. 한쪽이 버려졌다면 남은 한쪽을 『마법사』로 상쇄하면 된다.

……이상적인 건『신룡』이 버려진 것.

……그렇게 너무 낙관적으로 여기다 **1턴에『신룡』이 나와 패배하는 것**이 제일 무섭지만.

너무 기대하지 말아라.

예상할 것은 항상「자신에게 최악의 상황」.**『신룡』과『사도』모두 남아있다고 가정한 전략**이 필요하다.

……케이오스 선배의 입장으로 생각하자.

……『신룡』을 꺼낼 거면 1턴째일까?

후반부가 될수록 카드가 줄어 상대의 남은 카드도 추측

하기 쉬워진다.

신 덱에서 가장 확률이 높은 승리 패턴이 『신룡』으로 일격 승리인 이상 보유한 카드가 확실하지 않은 전반이야말로 『신룡』을 꺼내고 싶을 터.

『사도』도 마찬가지다.

『사도』는 연승하는 한 계속 소지할 수 있다. 1턴째에 이만큼이나 적당한 카드는 없다.

따라서 **첫수는 『마법사』.**(용사가 없기 때문)

이것이 인류 덱의 최적 답안.

신 덱의 최적 답안인 첫수 『신룡』, 『사도』를 막을 수 있는 데다가, 망설이지 않고 『마법사』를 버리는 것으로 수중에 아직 『용사』가 남아있다는 허세가 된다.

……의심할 여지가 없는 최적 답안이야.

……너무나도 최적인 탓에 선배도 읽고 있겠지만.

페이가 케이오스라면.

첫수 『마법사』, 『용사』를 읽고 다른 카드를 낸다. 이것으로 『마법사』나 『용사』가 허무하게 소비된다면 전황이 단번에 유리하게 기울기 때문이다.

……그리고 여기서부터는 예측 싸움이야.

……그리고 예측 싸움에서 절대로 이겨야 하는 건 내 쪽이지.

우선 『신룡』.

이것이 1턴에 나올 것인가, 아닌가.

나온다면 『마법사』를 꺼낼 수밖에 없다. 그러나 예측이 틀리면 『신룡』을 대항할 수단이 사라진다. 마지막의 마지막, 0.1초 전까지 고려한 뒤에.

"그럼 시작하자. 서로 카드를 내자고."

정숙한 가운데 케이오스의 선언이 울렸다.

"간다, 페이."

"받아줄게요."

모니터 안.

페이가 건드린 카드가 뒤집힌 채 빛났다. 케이오스의 카드도 마찬가지.

"코인을 걸어야 했었죠?"

"그래. 서로 참가비로 하나를 내고 걸고 싶은 액수를 제시해."

코인 10개 소지.

거기서 참가비를 빼면 9개. 나머진 얼마나 코인을 모을 수 있는가.

"전 참가비 하나에, 하나를 추가할게요."

"콜."

케이오스의 대답에는 망설임이 없었다.

서로의 코인이 2개씩 화면 중앙으로 이동. 이것으로 카드 대결 준비는 끝났다.

『카드를 판정하겠습니다.』

……내가 고른 건『치유사』.

……케이오스 선배가 첫수로『신룡』을 냈다면 내 패배.

믿자.

자신의 판단을.

아주 잠시. 그러나 페이에겐 몇십 분처럼 느껴지는 시간이 흐르고.

『제1턴.』

『승자 페이. 코인 양도로 페이 12개, 케이오스 8개.』

『남은 카드…… 페이 5장, 케이오스 5장.』

"……!"

페이와 케이오스가 순간 서로를 바라본 것은 거의 동시였다.

승패가 아니다.

그 후에 알려진 남은 카드 장수에 의미가 있었다. 서로 5장 소지에서 1장을 사용했으니 4장이 남아야 하는데.

카드는 5장 그대로.

다시 말해 카드 효과로 1장 늘어난 것이다.

……내『치유사』는 사용해도 수중에 남는 효과.

……그리고 신 덱에서 카드를 보충할 수 있는 건『미이프

『공격력 1)』밖에 없어!

치유사(8)— 　사용 후에도 소유 카드로 남겨도 된다.
　　　　　　　장비품으로 사용해 +2의 공격력을 부여
　　　　　　　할 수 있다.
미이프(1)— 　플레이 후 무진영 카드를 1장 골라 손에
　　　　　　　넣는다.

　페이는 『치유사』가 돌아와 카드 5장.

　케이오스는 『미이프』를 소비했지만 무진영 카드를 얻어
5장. 그래서 그의 지금 카드는 이렇게 된다. 『?』, 『?』, 『?』,
『?』, 무진영 카드 【창조】.

　……생각할 건 아직 남았어.

　……선배는 무진영 카드 【창조】에서 어떤 걸 골랐지?

　카드는 두 가지.

　카드의 공격력을 5 올려주는 『번개와 검』, 카드의 공격력
을 5 낮추는 『날개와 방패』. 뒤집어 놓은 효과로 보이지만
신 측이 선택하는 건 전자인 『번개와 검』으로 거의 확정.

　……더 확실하게 『용사』를 쓰러뜨리기 위해서야.

　……임의의 타이밍에 『수호수』를 강화하기 위해서!

　용사(4)— 　　신과의 전투 시 +99.

수호수(5)— 　적 카드의 효과를 받지 않는다.

　　　　　(용사, 마법사에게 승리)

『용사』는 『수호수』에게 이길 수 없다.

　그러나 사실은 『치유사』의 장비 효과가 더해지면 『용사』를 공격력 6까지 올릴 수 있다.

　……그럴 수 없게 됐어.

　……저 『번개와 검』을 사용하면 『수호수』의 공격력은 10까지 상승해.

　가장 무서운 카드인 『신룡』은 절대로 막아야 한다.

　그러기 위해 『용사』, 『마법사』를 꺼내려고 하면 『번개와 검』으로 강화된 『수호수』에 저격당할 수 있다.

　거기다 케이오스는 『수호수』를 꺼낸 턴에 코인을 전부 걸 수 있다.

　절대로 패배하지 않기 때문이다.

　……**그런 허세를 부릴 수 있는 점**이 제일 성가셔.

　……케이오스 선배가 올인한다면 그것이 허세라도 나는 폴드할 수밖에 없어.

　압도적인 불리.

　다음 제2턴, 페이는 절대로 선택을 틀려선 안 된다.

같은 시각.

플레이 룸에서 벌어진 제1턴의 양상을 지켜보고서.

"……이것이 케이오스 공의 전술인가!"

넬이 입술을 깨물었다.

상황은 페이가 압도적으로 불리. 그 이유는.

"페이 공에겐『수호수』를 이길 수 있는 카드가 없다……."

"너, 너무 치사해요! 신룡을 1턴에 꺼낸다고 위협하고서『미이프』로 카드를 보충하다니. 저 무진영 카드 때문에『용사』도 이길 수 없게 된 거잖아요?! 페이 씨는『마법사』밖에 없는데……."

모니터 룸에서.

펄이 정면 모니터 채널을 몇 번이고 돌렸다.

—케이오스의 화면.

그가 선택한 무진영 카드는 예상대로『번개와 검』.

—페이의 화면.

수중에『치유사』가 돌아왔지만, 그것뿐이다.

케이오스 측이『번개와 검』+『수호수』를 넌지시 암시하고 코인을 올리면 페이는 폴드할 수밖에 없다.

"페이 공의 승기는 케이오스 공이『수호수』로 허세를 부렸을 때 타이밍 맞게『마법사』이외의 카드를 꺼내 승리하는 것. 『함정 세공사』로 이기면 좋지만…… 아니, 케이오스 공이라면 거기까지 예측하고 『신룡』을 꺼낼 가능성도……."

"그럴까?"

"어?!"

"내 감인데, 다음에 그가 꺼낼 카드는 『수호수』나 『신룡』이 아닌 『사도』일 거야. 상태를 지켜보려 하지 않을까?"

"이, 이유가 뭔가, 레셰 공?!"

넬의 눈이 커졌다.

혼잣말처럼 말한 레셰를 향해 검은 머리가 흐트러질 기세로 돌아보고는.

"페이 공에겐 『수호수』를 막을 카드가 없다. 케이오스 공이라면 지금부터 모든 턴에 올인하지 않을까……!"

"그래? 저 남자에게는 아마 다른 카드의 환상이 보이고 있을 거야."

레셰가 화면 채널을 돌렸다.

방금 봤던 카드 16장의 일람표로.

"우선 제1턴. 페이는 『미이프』가 나왔다는 걸 확정할 수 있었어. 왜냐하면 카드가 증감하지 않으니까. 『사도』도 수중에 남는 효과가 있지만 『사도』가 나오면 『치유사』가 졌을 거야."

제1턴의 승자는 페이(『치유사』).

그래서 페이는 대전 상대인 케이오스가 꺼낸 카드가 『미이프』라는 것을 확인했다.

"케이오스는 어떨까?"

"……! 그렇군, 케이오스 공은 판별할 수 없다. 그에겐
『치유사』가 아닌『여행자』가 나온 것처럼 보인다는 건가!"

치유사(8)—   이 기드는 사용 후에도 소유 카드로 남겨
              도 된다.
              소유한 카드에 사용하는 것으로 +2의 장
              비 카드가 된다.
여행자(2)—   무진영 카드【천지】,【창조】중 원하는 쪽
              을 한 장 입수.

미이프의 공격력은 1.

제1턴, 어떤 카드에 졌는지 케이오스는 알 수 없다.

"아까 케이오스는 이렇게 생각했어. 첫수로『신룡』은 강
력한 카드지만, 당연히 페이는『마법사』나『용사』로 요격하
겠지. 반면 신 텍은 그것을 노리고 다음 턴에서『수호수』+
『번개와 검』의 올인 전술을 하기 위한『미이프』가 최선책.
……그러니 **페이라면 여기까지 예측하겠지**, 하고 생각할
거야."

그렇다면 어떡할까?

케이오스는 더 깊이 추측할 것이다.

"첫수로 내는 『미이프』의 최대 반격수. 그것이 바로 첫수의 『여행자』야. 이걸로 무진영 카드【천지】에서 진짜 최강 카드를 뽑을 수 있어."

무진영 카드【천지】
① 이름 없는 아이—　인류 덱에서 임의의 카드를 복사한다
　　　　　　　　　　　(들고 있지 않은 카드 한정).
② 창조주(공격력 99)—입수한 다음 턴에 내야만 한다.
　　　　　　　　　　　『사도』와의 전투에서만 양쪽 모두 패배가 된다.

"그렇구나, 창조주야!"
미란다 사무장이 단말을 조작했다.
『창조주』 카드를 화면 가득 확대하고서.
"『번개와 검』으로 강화한 『수호수』는 공격력 10. 이건 『용사』로는 전혀 상대가 안 되니까 케이오스 군은 마음껏 올인할 수 있어. 하지만 『창조주』의 공격력은 볼 것도 없는 99!"
페이는 이렇게 생각했을 것이다.
케이오스가 2턴째에 낼 유력 카드는 『수호수』나 『신룡』. 그러나 무진영 카드 『창조주』는 그 두 가지 모두 이길 수 있다고.

여기까지가 케이오스의 생각 과정.

"이, 이제야 레셰 씨가 한 말을 알겠어요!"

펄이 가슴에 손을 얹고 심호흡했다.

"다음 2턴째! 케이오스 씨는『창조주』를 경계해『사도』를 쓰겠네요! ……아니, 어?! 하지만 페이 씨는 처음에 낸 카드가『여행자』가 아니잖아요?!"

그렇다.

페이의 1턴째 카드는『치유사』.

케이오스라면 페이의『여행자(제1턴)』→『창조주(제2턴)』의 전략을 경계할 것이라고 믿고 낸 카드다.

—첫수가『신룡』이라면 곧바로 패배.

페이는 그런 극한의 리스크를 안고서 1턴을 살아남았다.

"목숨 걸고『여행자』를 아낀 거야. 이걸로 페이는 2턴에『여행자』, 3턴에『창조주』를 쓸 수 있어. 최강의 카드로 기습할 수 있는 거지."

케이오스는 2턴째에『사도』(『창조주』와 상쇄를 노리고)를 낼 것이다.

그리고 3턴째에『번개와 검』+『수호수』의 올인을 노릴 것이다. 그것을『창조주』로 반격한다.

"이 게임은 대체 얼마나 많이 상대의 수를 읽어야 하나요?!"

펄이 머리를 감싸 쥐었다.

"그, 그럼 레세 씨. 페이 씨가 2턴째에 낼 카드는……."

"그거야 페이 마음이지."

"그럼 케이오스의 2턴째는요?!"

"다시 말하지만『수호수』는 아닐 거야. 페이가 2턴째에 『여행자』를 낼 것을 예측한『신룡』일 수도 있지만 더 확실한『사도』를 낼 확률이 높겠지. 성격 나름이겠지만."

마치 자신이 플레이어인 것처럼.

레세는 눈을 반짝이며 그렇게 답했다.

"두 사람은 서로 아는 사이잖아? 그럼 분명 **다음 제2턴에도 확실히 뭔가가 일어날 거야.** 기대되네."

그리고.

모니터 룸의 대형 화면으로 새로운 싸움을 알리는 메시지가 표시됐다.

【제1턴 종료, 제2턴으로 이행합니다.】

【페이— 카드 5장, 코인 12개】

【케이오스— 카드 5장, 코인 8개】

2

『제2턴 개시.』

『양 플레이어, 카드를 선택해 주세요.』

화면에 표시된 메시지를 보며.

"그럼 뭘 낼까……."

케이오스는 눈앞에 놓인 신 측의 카드 다섯 장을 응시하며 그렇게 자문했다.

다음에 낼 카드는『사도』와『신룡』중 하나.

돌이켜보면.

지난 1턴은 예정된 것이나 마찬가지였다 할 수 있다.

케이오스는 처음에『신룡』을 꺼낼 마음이 10퍼센트 정도 있었지만 결국엔『미이프』를 선택했다.

……『용사』나『마법사』를 사용해 줬다면 좋았을 텐데 아꼈네.

……페이의 카드는 아직 다섯 장. 그렇다면『여행자』를 사용했을 가능성이 커…… 하지만.

어쩌면『창조주』의 시간차 트릭을 노려『치유사』를 사용했을 가능성도 있다.

그러나 케이오스의 위화감은 다른 것이었다.

……페이는 어째서『용사(마법사)』를 사용하지 않았지?

……내가 1턴째에『신룡』을 꺼낼 가능성은 확실히 있었어.

설마 1턴째부터 대결을 끝내려 하지 않겠지. 케이오스라면 그런 심리를 거꾸로 노려 처음부터 크게『신룡』을 노린다.

페이도 그것을 충분히 이해하고 있을 것이다.

따라서『용사(마법사)』를 아껴두려 했다는 것만으로는

설명이 안 된다.

……1턴째에 꺼내고 싶지 않은 이유가 있었을 거야.

……**예를 들어 한쪽이 없었다**거나.

랜덤 드롭으로『용사』(혹은『마법사』)를 잃었을 가능성.

비장의 카드는 한 장뿐.

빠르게 사용하면『신룡』에 대항할 방법이 사라진다.

그것을 기피했기에 페이는 결사의 각오로『여행자』(치유사)를 꺼냈을 가능성이 느껴진다.

……페이는『용사(마법사)』를 아낀 게 아니야. 그럴 수밖에 없었던 거지.

……그렇다면 **3턴까지 내가 이긴다.**

전술은 정해졌다.

남은 것은 페이의 결정을 기다릴 뿐.

……아직 시간은 있어.

……그렇지, 그냥 기다리는 건 지루하잖아.

"페이."

눈앞의 대전 상대를.

예전 신입을 바라본 케이오스는 감정 없는 말투로 말을 이었다.

"나는 2턴째 카드를 정했어. 그러니 네가 카드를 고르는 걸 기다리고만 있는 건 심심하네. 잠깐 혼잣말이나 할게."

"네가 모르는 고대 마법 문명의 이야기를 말이야."

═══════════

그 독백은 갑작스러웠다.

제2턴의 카드 선택 시간.

페이의 뇌가 앞으로 일어날 막대한 패턴을 전력으로 전개하려던 순간에.

"지금으로부터 수십 년 전. 유적도시 엔쥬의 오래된 화산재 지층에서 전설이었던 고대 마법 문명의 유적이 발견됐어."

케이오스의 말에 모든 것을 빼앗겼다.

집중력과 주의력은 물론, 모든 정신을.

"……케이오스 선배?"

"무엇에 끌렸는지는 나도 모르겠어. 어렸을 때부터 관심이 있었는지도 모르지. 난 학자를 흉내내듯 역사책을 읽으며 반쯤 방랑하듯 루인을 떠나 유적으로 갔어. 거기서 우연히 발견한 거야."

무엇을요?

반사적으로 떠오른 그 질문을 페이는 두 가지 이유로 주저했다.

하나. 제2턴의 카드가 정해지지 않았다.

둘. 선배는 자신이 묻지 않아도 이야기할 것 같았다.

"페이. 너도 아는 거야."

"……뭔데요?"

"신의 보관."

턱, 하고.

케이오스가 책상 위에 놓은 것은 작고 검은 돌조각이었다.

"신들의 놀이에는 포상이 있어. 신의 보관은 공략되지 않은 신을 격파했을 때의 선물이지. 네가 손에 넣은 『우로보로스의 눈』처럼."

"그건 저주받은 아이템이에요. 펄은 타지 않는 쓰레기에 버리라고 할 정도로요."

"그런 일도 있지."

무척이나 진지하게 끄덕이는 케이오스.

"신의 가치관은 인간과 크게 달라. 신이 내리는 포상이 인간에겐 쓰레기는커녕 재앙이어도 이상하지 않아. 다만……."

케이오스가 시선을 내렸다.

책상 위 검은 돌조각을 보며 한동안 말이 없다가.

"유적도시 엔쥬에서 내가 발굴한 신의 보관은 고대 마법 문명의 인류에겐 분명 유용한 물건이었어."

"……."

페이는 테이블 위에 놓은 검은 돌조각을 보았다.

혹시 저것이.

"선배가 발굴한 신의 보관?".

"그래. 현대에서 말하는 고성능 기록 매체로, 이 돌조각 하나에 도서관 하나 분량에 필적하는 정보가 담겨있어. 이 걸 주운 나는 고대 마법 문명이 쇠퇴하게 된 경위를 알게 됐지."

"……! 그래서 선배는 루인을 떠난 건가요?"

"그래. 목적은 이 검은 돌조각을 더 찾기 위해서였지만 그건 허무하게 끝났어."

"……그래요."

의문 하나가 풀렸다.

옛 팀인『어웨이킹』이 해산한 후 어째서 케이오스가 유적도시로 갔는가.

……선배는 이 돌에 기록된 고대 마법 문명의 역사를 알 게 됐어.

……더 자세히 조사하려 한 건가.

그러나 문제는『어떤 역사를 알게 됐는가』다.

페이에게 알리지 않고. 다른 팀원에게도 알리지 않고.

"발표할 생각은 없었어요?"

"그럴 수 없었던 이유가 두 가지 있었어. 하나는 이 돌멩 이가 이미 풍화되어 기동하지 않게 됐으니까. 누구에게 이 야기하려 해도 증거가 없으니 설득력이 없지. 그리고 내 개인 판단. **즐거운 이야기가 아니야.** 그래서 나는……."

종소리.

카드 선택 시간 종료.

"혼잣말은 끝이다."

전혀 변하지 않은 케이오스의 목소리.

"궁금해졌다면 다행이네. 내게 이기면 뒷이야기를 해주지."

"힘내볼게요."

이전 팀의 선배 사도를 바라본 페이가 고개를 끄덕였다.

"전 카드를 골랐어요."

"나도다."

양쪽이 카드를 선택.

뒤이어 코인 개수 결정.

"전 참가비 코인 하나에 하나를 더 추가할게요."

"레이즈. 페이, 나는 2턴째의 네 카드가 『창조주』가 아닐
거라고 봐. 그러니 코인은 모두 세 개. 어쩔 거야?"

"……콜이요."

서로 코인 세 개씩.

모두 여섯 코인이 화면 중앙으로 이동했지만 중요한 것
은 그쪽이 아니다.

정말로 주목할 것은 카드.

페이와 케이오스가 지닌 카드에서 떠오른 두 장의 카드
가 빛을 내고.

『제2턴.』

『승자 케이오스. 코인 양도로 페이 9개, 케이오스 11개.』

『남은 카드…… 페이 4장, 케이오스 5장.』

코인의 수가 크게 변동.

그러나 패배한 페이는 물론 승리한 케이오스도 미동조차 하지 않았다. 승패가 정해진 순간부터 두 사람은 말할 시간도 아껴가며 생각에 잠겼기 때문이다.

추측해라.

힌트는 승패 결과와 남은 카드.

……내가 꺼낸 건 『함정 세공사(공격력 6)』.

……그걸 이길 수 있는 건 『사도(11)』, 『신룡(9)』, 『마신(7)』의 세 가지.

여기서 대상을 좁히는 것은 간단하다.

케이오스의 카드가 줄지 않았으니까.

전투에 승리하는 것으로 다시 수중에 돌아오는 『사도』로 확정됐다.

……『신룡』을 꺼낼 생각이 없네.

……내가 『용사』를 내거나 내 수중에 『용사』가 없다는 확신이 들 때까지 아낄 생각이야.

케이오스의 노림수는 아마도 『사도』 연타.

이쪽이 『용사』, 『마법사』로 막을 때까지 『사도』를 꺼낸다.

반대로 말하자면 빨리 사용하라고 말하는 셈이다.

……점점 내 카드를 눈치채고 있어.

……비장의 카드가 두 장 있다면 간단히 낼 수 있잖아?
하고.

낼 수 없는 이유는 한 장이 랜덤 드롭으로 사라졌기 때
문. 페이의 수중에『용사』,『마법사』중 하나가 없으리라고
의심하고 있다.

……『마법사』를 낼까?

……아니, 안 돼. 그럼 그다음 턴에『신룡』을 막을 수 없어.

신 덱에는『수호수』도 남아있다. 그리고『마법사』를 낼
때 맞춰서 낼 최악의 가능성도 항상 존재한다.

하지만 그렇다고『마법사』를 내지 않으면『사도』연타에
유린당한다.

그럼 이제 어쩐다.

━━━━━━

"어, 어어, 어쩌라는 건가요?!"

모니터 룸.

관전 화면을 올려다본 펄이 그곳에 표시된 페이의 카드
를 가리켰다.

창백해진 표정으로.

"페이 씨가 엄청 위험하잖아요?! 『사도』를 계속해서 낸다면……."

"냉정해져라!"

넬이 그렇게 타일렀다.

"페이 공의 카드가 불리하다는 건 의심할 여지가 없고, 그 사실을 케이오스 공에게 들키는 것도 시간 문제지만…… 아직 역전할 방법이 있다!"

"오오!"

넬의 강력한 발언에 펄이 두 손으로 불끈 주먹을 쥐었다.

"알려주세요, 넬 씨!"

"알려다오, 레셰 공!"

"통째로 남에게 떠넘기는 거였어요?!"

오들오들 떠는 펄. 어금니를 깨무는 넬.

두 사람의 행동은 다르지만, 그 바탕이 되는 마음은 분명 똑같으리라. 여기서 페이가 이기려면 어떡해야 할까? 라는 마음.

"……그러게."

레셰가 바라보는 화면은 케이오스의 화면이다.

이 화면에선 페이의 카드가 『?』, 『?』, 『?』, 『?』로 표시된다.

"잘 모르겠네. 미란다, 화면을 바꿔줘. 페이가 2턴째에 『함정 세공사』를 내는 부분으로."

미란다 사무장에게 그렇게 말한 레셰가 계속 화면을 조

작했다.

열여섯 카드 일람을 다시 보며.

함정 세공사(6)— 　　　이 카드로 승리하면 신 측의 다음
　　　　　　　　　　　카드를 지정할 수 있다.

공격력이 높고 효과도 강력하다.

『수호수』에게도 승리할 수 있는 데다가 ① 상대의 카드를 볼 수 있고, ② 상대가 다음에 낼 카드를 지정할 수 있다는 두 가지 효과가 있다.

"이번 2턴째, 케이오스는『사도』를 낼 가능성이 컸어."

"페이 군이『창조주』를 낸다고 예측하고서죠?"

"그래. 하지만 똑같은 패배라면『치유사』를 내도 됐어."

그렇다면 패배해도 카드가 남는다.

이번 2턴, 페이는 잃을 필요 없는 카드를 잃었다.

"그게 너무 부자연스러워서 케이오스도 생각이 많아졌을 거야. 어쩌면 사용한 것이『함정 세공사』가 아닌『치유사』가 아닐까 하고."

"네?! 어째서『치유사』가 버려질 가능성이 있는 건가요?!"

"그런 효과니까."

치유사(8)— 　　　이 카드는 사용한 뒤 수중에 **남겨도 된다.**

다른 카드에 사용하는 것으로 +2의 장비
카드가 된다.

남는다고는 적혀 있지 않다.

일부러 소비해 카드를 줄일 수 있다.

"케이오스 입장에선『페이는 치유사를 일부러 남기지 않고 소비해 남은 카드를 네 장으로 만들었다. 함정 세공사를 버린 것처럼 보이려고』라고 생각될 거야."

그 의심이야말로 노림수.

사라졌을 함정 세공사가 페이의 카드에 남아있지 않을까? 그걸 노리고 있는 걸까 하고 케이오스는 의심할 것이다.

"페이가 한 건 허세 미만이야. 악수라는 소리를 들을 수도 있는 귀중한『함정 세공사』버리기. 어쨌든 잠시라도 좋으니 망설여달라는 의도일까?"

결사의 첫수『치유사』.

악수가 될 수도 있는 허세 미만의 두 번째 수『함정 세공사』.

그렇다면.

이렇게까지 한 페이의 다음 카드는 대체 무엇이 될까?

【제2턴 종료.】

【페이─카드 4장, 코인 9개.】

【케이오스—카드 5장, 코인 11개.】

3

『제3턴 개시.』
『양 플레이어, 카드를 선택해 주세요.』

화면에 표시된 메시지.

그리고 카드 네 장을 응시하며, 페이는 맞은편 케이오스에게 들키지 않도록 숨을 내쉬었다.

지금이 「속임수」의 중요한 고비.

페이의 카드는 『치유사(8)』, 『현자(6)』, 『여행자(2)』, 『마법사(1)』.

……케이오스 선배가 노리는 건 명확해.

……내가 『용사(마법사)』로 막기까지 『사도』 연타.

이것은 유도.

이 유도를 받아들여 『마법사』를 소비하면 다음 턴에 『신룡』이 나와 게임이 끝난다. 그렇기에 자신이 믿는 카드는……

『여행자』.

……이 『여행자』야.

……내 진짜 비장의 카드를 여기서 쓴다.

"정했어요."

카드 선택 후 코인 걸기.

"전 참가비로 하나를 내고 폴드할게요."

"……."

케이오스의 눈빛이 한층 험악해진 직후, 폴드 선언에 따른 즉각 패배의 메시지가 떴다.

『제3턴.』

『승자 케이오스(페이 폴드). 코인 양도로 페이 8개, 케이오스 12개.』

『남은 카드…… 페이 4장, 케이오스 5장.』

카드 변동 없음.

케이오스가 낸 것은 『사도』 2연타로 확정일 것이다.

그렇다면 케이오스는 페이의 카드를 어떻게 추측할까?

이쪽 카드는 여전히 네 장. 인류 덱이라면 『치유사』를 내서 다시 수중으로 되돌렸거나, 『여행자』를 소비해 무진영 카드를 골랐을 수도 있다.

……케이오스 선배라면 알아차리겠지.

……내가 꺼낸 건 『여행자』이고 **내가 뽑은 건 『이름 없는 아이』**라는 사실도.

여기가 분기점.

다음 제4턴에서 인류와 신 덱의 운명이 정해진다.

【제3턴 종료】
【페이—카드 4장, 코인 9개.】
【케이오스—카드 5장, 코인 11개.】

4

『제4턴 개시』
『양 플레이어, 카드를 선택해 주세요.』

대전 플레이어(페이), 카드 네 장.

그 표시를 본 케이오스는 단 몇 밀리만 끄덕였다.

……페이의 카드 수는 변하지 않았어.

……제3턴에 꺼낸 건 『치유사』와 『여행자』 중 하나.

여기서부터는 추측에 불과하지만 이번에 페이가 폴드한 것이 큰 힌트다.

싸울 생각이 없었다.

3턴에 무조건 항복을 선택하는 것으로 『신룡』의 전투 승리(=게임 종료) 효과도 피하고 다음 턴에 바통을 넘기려는 의미도 있다.

……다시 말해 『여행자』일 거야.

……강력한 무진영 카드를 손에 넣어 다음 턴에서 겨루겠지.

그럼 무엇을 뽑았을까?

무진영 카드 【천지】

①이름 없는 아이— 　수중에 없는 인류 덱에서 한 장을
　　　　　　　　　　복사한다.

②창조주(공격력 99)— 손에 넣은 다음 턴에 반드시 내
　　　　　　　　　　야만 한다.
　　　　　　　　　　『사도』와의 전투에서만 양쪽 모
　　　　　　　　　　두 패배가 된다.

　①은 『용사』를 복사하면 『사도』, 『신룡』에게 이길 수 있지
만 『수호수』에게 패배한다.

　②는 『사도』와 무승부가 되지만 다른 모든 카드를 이길
수 있다. 다만 다음 턴(=4턴)에 반드시 내야 한다.

　……명백하네.

　……페이가 뽑은 건 십중팔구 『이름 없는 아이』야.

　얼핏 보면 ①은 패배할 가능성이 있고 ②는 최소한 무승
부 이상이 약속된다.

　②야말로 리스크가 적은 선택지로 보이지만 다음 턴에
반드시 꺼내야 한다는 제약이 존재한다.

　다시 말해 「적어도 무승부 이상」이라는 해석은 함정이
며, 현실적으로는 「반드시 무승부」가 되는 것에 불과하다.

그렇다면 ①을 선택해 『사도』, 『신룡』을 저격하는 것이 정답이다.

……내 예상과도 일치해.

……페이는 랜덤 드롭으로 『용사』와 『마법사』 중 하나를 잃었어.

그렇기에.

케이오스는 페이의 카드가 대충 예상이 됐다.

페이의 【카드 4장】.

『현자』, 『치유사나 함정 세공사 중 하나』, 『마법사나 용사 중 하나』, 『이름 없는 아이』.

이번 제4턴.

이런 상황에서 페이가 꺼낼 카드는 거의 「그 카드」 하나로 좁혀진다.

━━━━━━

"……라고 케이오스가 예상하지 않을까?"

"완벽하게 정답이잖아요?!"

모니터 룸에서.

눈을 반짝거리며 해설하는 레셰의 옆에서 펄이 몇 번째 인지 알 수 없는 비명을 질렀다.

"사무장님!"

"알았어, 페이 군의 화면으로 바꿔 달라는 거지?"

페이의 카드는 네 장.

『현자』, 『치유사』, 『마법사』, 『무진영 카드「이름 없는 아이」』.

다시 말해 케이오스의 예측이 완벽히 정답이다.

그럼 반대로 페이는 케이오스의 카드를 얼마나 예측하고 있을까?

케이오스의 카드(페이 시점).

『사도』, 『?』, 『?』, 『?』, 『무진영 카드「번개와 검」』.

케이오스의 카드(정답).

『사도』, 『신룡』, 『수호수』, 『성령』, 『무진영 카드「번개와 검」』.

페이의 시점에서는 케이오스의 카드 중 과반수가 미지수.

그 이유는 제2턴과 제3턴의 『사도』 연타로 경우의 수가 좁혀지지 않도록 했기 때문이다.

"케이오스 공은 확실하게 3연속 『사도』를 내겠지. 그것을 막지 못하면 페이 공에게 승산이 없다……. 하지만 지금이라면!"

넬이 주먹을 쥐었다.

그 주먹을 아래로 휘두르며.

"무진영 카드 『이름 없는 아이』가 있다. 이걸로 『용사』를 복사하면 『사도』를 막을 수 있다!"

신 덱의 중요 카드인 『사도』, 『신룡』.

이 두 장을 막을 수 있는 『용사』, 『마법사』가 드디어 페이에게도 갖춰졌다.

"하지만 넬 씨…… 신 덱에는 **세 번째 비장의 카드**가 존재해요. 아까 말했던 무진영 카드 『번개와 검』+『수호수』를 꺼내면 용사와 마법사로는 이길 수 없어요!"

"……예측해야겠지. 상대방이 틀리도록 **유도**할 수밖에 없다!"

페이―『용사』, 『마법사』로 케이오스의 『사도』, 『신룡』을 모두 막고 싶다.

케이오스―『용사』, 『마법사』 중 하나를 『수호수』로 이기면 승리가 확정.

노림수는 명확하다.

이제는 상대방이 무엇을 낼지 예측하는 싸움.

다만.

이번 제4턴만큼은 예측이 필요 없다.

서로 최선의 수가 있기 때문이다.

"케이오스 공이 여기서 전술을 바꿀 필요는 없다. 『사도』

3연타지……!"

『용사』를 사용했으면 할 것이다.

　그 이유는 신 덱의 이상적인 수는 역시나 『신룡』의 일격 승리.

　그『신룡』을 막을 수 있는 카드가 페이에겐 두 장 있다.

　단순히 계산해 케이오스의 카드 네 장(+징비 한 장)에서 『신룡』이 나올 확률은 25%. 페이는 거기에 『용사』, 『마법사』 중 하나로 막으면 된다.

　그 확률은 1/2.

　그럼 만약『사도』에 용사를 사용하면?

　케이오스의 남은 세 카드 중 하나인 『신룡』을 페이가 『마법사』 한 장으로 막을 수 있는 확률은 1/3로 줄어든다.

　"케이오스 공은 『사도』를 버릴 마음으로 『용사』를 유인하고 있다! ……그것이 신 측의 승률을 높이기 때문이지. 페이 공은 그것을 알고 있지만 유도에 넘어갈 수밖에 없어. 그러지 않으면 『사도』 카드에 이대로 유린당한다……!"

　따라서 정해진 흐름.

　이번 4턴째만큼은 케이오스가 『사도』, 페이가 『용사(마법사)』로 예측된다.

　서로의 예측이 일치.

　그렇게 보였다.

　모니터 룸에 전자 음성이 울리기 전까지는.

『케이오스, 카드를 2장 세팅.』

"……뭐, 뭐라고요오오오오오?!"

"……설마?! 케이오스 공은 그렇게 나오는 건가!"

모니터에 표시된 신 측의 카드에 펄이, 넬이, 그리고 미란다 사무장까지 경악을 폭발시켰다.

"흐음……."

오직 혼자서 조용히 지켜보던 레셰조차 감탄하는 미소를 떠올렸다.

그러나.

제일 경악한 것은 그다음.

『페이, 카드를 2장 세팅』

"……."

고요하다.

너무나도 경악. 아니, 경악을 넘어선 이해할 수 없는 감정에 아무도 말하지 않게 됐다.

영문을 모르겠다.

인간은 머리가 새하얗게 됐을 때 아무런 소리도 낼 수 없게 된다.

"……무, 무무…… 무무무무……."

휘청.

화면을 가리키던 펄이 그 자리에서 쓰러졌다.

"뭔가요오오 **이 카드는**?!"

펄의 비명과 거의 동시에.

케이오스는 자신의 화면을 말없이 바라보았다.

『수호수』를 세팅합니다.』

『번개와 검』을 세팅합니다.』

화면에 뜬 두 메시지를 확인.

이거면 된다.

이번 제4턴이야말로 운명의 전환점, 페이는 그렇게 생각할 것이다.

……나도 동감이야.

……그러니 속여야지. 이번 제4턴을 단순히 정해진 흐름대로 끝낼 수는 없지.

모두가 확실하다고 생각한 『사도』3연타.

그것을 페이가 『용사』로 막고 턴 종료. 그런 정해진 흐름은 재미없다. 페이가 『용사』를 꺼낸다면 없애줄 뿐.

수호수로. 그리고 여기에 『번개와 검』을 세팅해 공격력 10.

인류 덱의 최강 공격력이 8(치유사)인 이상 이번 턴은 이쪽이 무조건 이긴다.

……코인을 올인해도 반드시 이길 수 있어.

……아니, 그러면 페이도 경계하겠지. 일부러 코인을 적게 걸고 『사도』인 척할까?

두 사람이 카드를 세팅.

이제는 코인을 얼마나 걸 것인가. 케이오스가 100퍼센트의 확률로 이길 수 있는 턴이지만 중요한 건 「페이가 『용사』로 이길 수 있다고 생각하게 만드는 것」이다.

올인은 의심받는다.

"나는 참가비로 1코인을 내고⋯⋯."

페이가 수중의 모니터를 향해 손가락을 뻗었다.

그리고 두 번 터치.

"한 장 더 걸겠어요. 총 2코인이에요."

"콜."

역시나. 폴드를 생각하지 않는다.

이 코인이 확실하게 이야기하고 있다. 페이는 자신하고 있다. 케이오스는 3연속 『사도』일 테니 『용사』로 이길 수 있다고.

⋯⋯『마법사』가 아니군.

⋯⋯『마법사』라면 무승부야. 코인을 과도하게 낼 필요가 없어.

그렇기에 페이가 낸 카드는 『용사』로 확정.

『플레이어 1 케이오스, 장비 카드를 사용.』

『플레이어 2 페이, 장비 카드를 사용.』

게임 음성으로.

페이는 입가를 살짝 다무는 약간의 반응을 보였다.

케이오스는 미동도 하지 않았다.

……예상 범주야.

……페이, 너도 역시 예측했군. 내가 『수호수』를 낼지도 모른다고.

페이는 보험을 걸어두었다.

이쪽의 3연속 『사도』의 흐름을 역이용해서 케이오스가 『수호수』를 꺼낼 경우.

그런 만약을 대비해 『치유사』를 장비 카드로 사용.

용사(4)+치유사 장비(+2)=6.

수호수(5)의 공격력을 상회한다.

그렇기에 이쪽은 그 대책으로 무진영 카드 『번개와 검』을 꺼냈다.

"페이. 너는 네가 할 수 있는 최선을 선택했어."

서로의 단말을 사이에 두고.

케이오스가 한 말은 분명 치하의 말이었다.

이쪽이 『사도』가 아닌 『수호수』를 꺼내리라 추측하고 그것을 쓰러뜨리기 위해 『치유사』를 장비 카드로 사용했다.

예측은 호각이었다.

승패를 나눈 것은 제1턴. 처음에 『미이프』로 무진영 카드 『번개와 검』을 뽑은 것이 이 결과를 만들었다.

『제4턴.』

『승자 케이오스. 코인 양도로 페이 6개, 케이오스 14개.』

이겼다.

그 판정에 케이오스는 포커페이스를 유지한 채 속으로 안도했다.

……내 코인은 14개.

……연장에 돌입해 모든 턴을 폴드한다 해도 과반수인 11개가 남아 이길 수 있어.

『남은 카드…… 페이 3장. 케이오스 3장.』

『EX턴 발생. 양쪽 카드의 남은 수량으로 7턴까지 대결이 연장됩니다.』

EX턴 발생도 예상의 범주.

그러나 이쪽은 페이의 카드를 파악하고 있다.

……페이의 카드는 네 장이었어.

……이번 턴에서 『용사』와 『치유사』를 사용했고 다시 『치유사』를 가져왔어.

그럼 계산이 맞다.

남은 카드는 이것이다.

페이······『마법사(1)』, 『현자(6)』, 『치유사(8)』.

반면 케이오스는『성령(4)』, 『신룡(9)』, 『사도(11)』.

······단, 약 1퍼센트 정도 아직 페이에게도 승산이 있어.

······**제4턴에서『용사』를 사용하지 않았을** 경우야.

페이가 꺼낸 카드는 두 장.

그것이『**마법사**』+『**치유사**』라면 아직『용사』가 남아있다.

주저하지 않고 코인 두 개를 걸었던 행동이 의심스럽다.

『용사』를 꺼냈다고 착각하게 만들기 위해 버리는 수였다면?

······내가 폴드하고 도망치기만 한다 치고.

······만약 페이에게 용사가 남아있다면 **무사히 도망칠 수 없어!**

용사는 두 가지 효과가 있다.

용사(4)—　　　신과 전투 시 +99.

　　　　　　그 턴의 습득 코인이 세 배가 된다.

현재 코인은 케이오스가 14개, 페이가 6개.

만약『용사』가 남아있을 경우엔.

제5턴: 케이오스의 항복으로 13개, 페이 7개.

제6턴: 케이오스의 항복으로 12개, 페이 8개.

제7턴: 케이오스의 항복으로 11개, 페이 13개.(『용사』효

과로 6개 추가)

　……마지막 턴에서 역전당할 거야.

　……페이가 『용사』를 갖고 있을 때의 이야기이고 그 가능성은 무척 낮을 테지만.

　페이라면 할 것이다.

　이런 극한의 공방전에서 역전의 장치를 마련한다. 페이는 그런 남자다.

　남은 3턴, **『용사』가 있다**고 생각해야 한다.

　【제4턴 종료.】

　【페이—카드 3장, 코인 6개.】

　【케이오스—카드 3장, 코인 14개.】

　『제5턴 개시.』

　『양 플레이어, 카드를 선택해 주세요.』

　다섯 번째 메시지.

　흘러나오는 기계 음성을 케이오스는 귀로 확인하지도 않았다. 그럴 여유가 없었으니까.

　페이가 『용사』를 남겨뒀을 가능성.

　자신의 하나뿐인 승리 공식을 어떻게 공략할까. 그 한 가지에 모든 생각을 집중했다.

　반대로 말하자면.

케이오스가 『용사』를 예상해 플레이한다면 승리는 분명하다.

"정했다."

화면 왼쪽 끝에 있는 카드를 터치.

이번 제5턴. 케이오스가 고른 것은 『성령(4)』. 지금까지 아꼈던 카드를 여기서 활용한다.

성령(4)—　　　이 카드가 패배할 경우 인류 덱에서 한 장의 이름을 지목할 수 있다.
　　　　　　　상대가 그 카드를 들고 있을 경우 버리게 한다.

용사를 제거한다.

페이의 수중에 남아 있다면 싸우기 전에 버리게 하면 될 뿐.

『양 플레이어, 카드 세팅. 코인을 걸어 주세요.』

"나는 폴드다."

지금은 리스크를 피한다.

일부러 지는 것으로 『성령』의 효과를 확실히 발동시키려는 노림수도 겸해⋯⋯.

"아니요, 선배."

불현듯 침묵이 깨졌다.

"코인을 두 개 더 걸어야 해."

"……『현자』인가!"

현자(6)—   코인 2개 이상을 반드시 걸어야 한다.

화면에 케이오스의 코인이 강제로 쌓였다.

참가비 한 개에 두 개가 더 추가. 케이오스 세 개, 페이 세 개, 총 여섯 개의 코인이 화면 중앙에 높이 쌓였다.

……그렇군, 좋은 타이밍이야.

……『용사』가 남아있는 걸 걱정한 내 생각을 읽은 건가.

카드 판정으로.

그러나 페이의 카드가 현자(6)이라면 케이오스의 성령(4)은 절대로 이길 수 없다.

『승자, 페이.』

『코인 획득으로 페이 9개, 케이오스 11개.』

『남은 카드…… 페이 2장. 케이오스 2장.』

전체 코인 수의 차이가 단번에 좁혀졌다.

높이 쌓인 코인이 페이에게 이동. 그러나 그것을 내려다본 케이오스는 자신의 승리를 이해하고 있었다.

……코인의 총 갯수?

……그거야 남은 두 턴이면 어떻게든 돼.

코인 개수가 역전되는 것은 이미 예상했었다.

그것을 각오하고 『성령』을 꺼냈기 때문이다.

"내 『성령』의 효과 발동. 페이, 내가 선언하는 카드가 수중에 있으면 버려야 해. 내가 지정하는 건 『용사』야."

"……."

페이는 무언.

대신 화면에 메시지가 떴다.

『성령의 효과, 미스.』

용사는 없었다.

……내 생각이 과했나? 아니, 처음부터 만약을 위해서였어.

……이걸로 페이의 카드는 『마법사(1)』, 『치유사(8)』로 확정됐어.

케이오스의 카드는 『신룡(9)』, 『사도(11)』.

그렇다면 6, 7턴의 경우의 수는 네 가지(정확하게는 다섯 가지)밖에 없다.

①제6턴 『마법사』×『신룡』　　제7턴 『치유사』×『사도』
②제6턴 『마법사』×『사도』　　제7턴 『치유사』×『신룡』
③제6턴 『치유사』×『신룡』　　→신룡 효과로 게임 종료
④제6턴 『치유사』×『사도』　　제7턴 『마법사』×『신룡』
　　　　　　　　　　　　　　　(사도 가능)

여기서 ②, ③은 신룡의 효과로 그대로 승리.

코인의 수로 정해지는 것이 ①, ④. 둘 다 「1승 1무승부」가 되니 **케이오스의 승리가 확실시됐다.**

【제5턴 종료.】

【페이—카드 2장, 코인 9개.】

【케이오스—카드 2장, 코인 11개.】

5

『제6턴 개시.』

『양 플레이어, 카드를 선택해 주세요.』

이제는 그 메시지가 들리지도 않았다.

페이가 눈을 깜박이는 것조차 잊을 만큼 바라보는 것은 자신의 카드 두 장.

"······."

두근두근, 계속해서 울리는 심장 고동.

케이오스가 사용한 『성령』의 효과로 『용사』가 지정된 순간, 그것은 페이에겐 숨이 막힐 정도로 압박감이었다.

어디까지 읽고 있지?

이번 제6턴이 오기까지 페이는 정성스럽고 신중히, 복잡하게 얽힌 작전을 세웠다.

……그 90퍼센트는 읽혔겠지.

……남은 10퍼센트. **내 모든 작전은 제4턴**에 달렸어.

그렇기에 오싹하고 한기가 느껴졌다.

방금 그 순간, 케이오스가 『성령』의 효과로 지정한 것이 『용사』였으니까.

……제4턴을 의심하고 있어.

……내가 『용사』를 사용한 척하고 아끼는 작전을 세웠다고 의심하고 확인한 거야.

절대로 승리를 서두르지 않는다.

옛 팀 『어웨이킹』의 리더인 케이오스는 그런 남자다.

돌다리도 두드리고 건너는 정도가 아니다.

돌다리를 건너기 전에 인간 크기의 돌을 굴려 강도를 확인한 걸로도 부족해 다리를 콘크리트로 보강하고 생명줄까지 단 뒤에야 건너는 남자다.

사실 케이오스의 직감은 **절반** 적중했다.

그럼 나머지 절반이 무엇일까 생각하기 전에 페이가 반드시 맞춰야 하는 선택이 있다.

케이오스의 카드─『사도(11)』, 『???』.

『???』의 정체는 『신룡』이나 『마신』.

이건 그냥 『신룡』이라고 생각하는 편이 좋다. 2, 3턴에 망설이지 않고 『사도』를 연달아 낸 것이 이야기해주고 있다. 아직 비장의 카드가 남아있다고.

……남은 제6턴, 제7턴.

……둘 중 한 턴에 선배는 반드시 『신룡』을 내겠지.

페이에겐 대항책이 한 장뿐.

그 선택이 틀리면 곧바로 게임 종료. 그렇기에 이것이 마지막이자 최대의 선택이다.

지금일까? 다음일까?

케이오스가 『신룡』을 꺼내는 건 언제인가.

……생각하자. 이 본부에서 만난 이후 여기까지의 모든 언동을.

……내 눈앞에 있는 건 케이오스 선배야!

그는 변하지 않았다. 1년 전 루인 지부를 떠났을 때 그대로다.

그러니.

"저는 정했어요."

막혔던 숨을 토해내며, 페이는 단말에 손가락을 뻗었다.

━━━━━━

"선배, 제6턴에 낼 카드를 정하세요."

물론이다.

케이오스가 볼 때 승패는 이미 정해졌다.

서로 남은 카드는 두 장. 남은 6, 7턴의 조합은 모두 네 가지 패턴(다섯 가지 패턴).

그 모든 패턴에서 케이오스가 이긴다.

……내 『신룡』, 『사도』.

……그냥 눈을 감고 아무 카드나 골라도 무조건 내가 이겨.

그렇게 확신하며.

케이오스는 자신의 손끝이 살짝 차가워진 것을 느꼈다.

긴장.

아직 끝나지 않았다. 카드와 코인 모두가 승리를 시사하는 상황에서 아직 어딘가 마음속으로 그것을 확신하지 못하는 듯했다.

……그렇잖아, 페이.

……너라면 뭔가 할 테지. **나는 그걸 보고 싶다고.**

신뢰하고 있다.

페이 테오 필스라는 루키가 팀 『어웨이킹』에 들어왔을 때부터 1년 전까지 누구보다도 가까이에서 이 소년을 지켜본 것은 자신이라고 자부한다.

"……그래. 나도 이제 정했어."

마지막 선택.

일격 필살의 『신룡』을 꺼내는 것은 지금인가, 다음인가.

지금까지 『신룡』은 한 번도 보이지 않았다. 애초에 페이는 이쪽 카드에 신룡이 있다는 것조차 확신하지 못하고 있다.

그렇기에 여기서 꺼낸다.

……지금까지 지나칠 정도로 인상을 심어줬어.

……나라면 『신룡』을 마지막 턴까지 아낄 거라고.

그것을 뒤집는다.

제1턴부터 제5턴까지의 모든 과정은 이 제6턴을 위한 허세.

『양 플레이어, 카드 세팅.』

"그럼 나는 참가비 한 개에 하나를 더 걸지."

"콜."

대전 상대인 페이의 응답은 케이오스가 귀를 의심할 정도로 빨랐다.

곧바로 콜? 코인 개수로 이기는 전략을 포기했나?

아니다.

그렇게 확신한 것은 페이의 눈빛 때문.

이쪽을 보고 있지 않다. 그 시선이 향한 곳은 모니터. 물고 늘어지듯 바라보는 집중력으로 심판을 기다리고 있었다.

『제6턴.』

『무승부. 코인 4개를 중앙에 남기고, 페이 7개, 케이오스 9개.』

『남은 카드…… 페이 1장, 케이오스 1장.』

"무, 무승부!"

살짝 충격이었다.

케이오스에겐 제7턴의 승패가 보였다.

자신이 『사도』로 페이의 『치유사』를 이기고 무승부로 남겨진 네 개를 포함해 코인의 과반수를 얻는다.

게임의 승자는 거의 확정됐다.

그러나.

그런데도 케이오스가 화면을 재차 확인한 것은 이번 제6턴에서 꺼낸 『신룡』을 페이가 『마법사』로 막아냈기 때문이다.

······나는 제2턴부터 계속 『사도』를 연달아 내겠다는 인상을 심어줬어.

······『신룡』을 낼 거라는 인상을 주지 않았을 텐데.

마지막 턴을 『신룡』으로 장식할 생각이다.

그런 인상을 심어주었다. 그런데도 현혹되지 않는 후각은 훌륭하다고 말할 수밖에 없다.

"페이, 서로 한 장씩 남았어."

"네. 카드 선택할 시간은 없어도 돼요. 전 이 카드로 싸울 테니까요."

"······그래."

더할 나위 없이 명확한 결판이 날 것이다.

두 사람의 카드는 한 장씩.

마지막에 남은 카드로 싸워 그 승자가 과반수의 코인을

획득해 승리한다.

【제6턴 종료.】
【페이—카드 1장, 코인 7개】
【케이오스—카드 1장, 코인 9개】

『최종 턴으로 이행.』
『양 플레이어, 카드를 선택해 주세요.』

케이오스의 카드는『사도(11)』.

지금까지 두 번 꺼내 전부 승리. 인류와 신 덱을 통틀어 최강의 공격력을 자랑한다.

이를 상대하는 페이는『치유사(8)』.

인류 덱 최강의 공격력을 자랑하지만 신 덱의 상위 카드에는 못 미친다.

……추측할 필요도 없어.

……여태 페이가『치유사』를 사용한 것은 사실이야.

페이의 카드는 확정됐다.

따라서 이 싸움은『사도』를 남긴 신 측의 승리로 확정됐다.

『양 플레이어, 카드 세팅.』
『코인 배팅 스킵으로 곧바로 카드를 개시합니다.』

……마치 인류와 신의 힘 차이를 보여주는 것 같군.

……인류 진영의 최강 카드는 신 진영의 최강 카드에 한참 못 미쳐.

케이오스가 바라보는 화면에서.

인류와 신.

두 진영에 남은 마지막 한 장이 화면 중앙에서 격렬하게 충돌. 마지막 싸움이라는 것을 증명이라도 하듯 극채색으로 빛났다.

결판이 났다.

말없이 지켜보는 케이오스에게 기계 음성이 이렇게 선언했다.

『승자 **페이.**』

『최종 턴 종료, 게임 승자는 페이!』

"……뭐?!"

모든 것이 뒤집혔다.

케이오스의 예상도, 코인의 행방도, 승패도.

있을 수 없다. 어떤 착오가 아닐까? 잘못 들은 걸까?

그것도 아니면 심판을 맡은 기계의 고장인가?

그러나 케이오스가 화면을 다시 확인하는 사이에도 중앙의 코인 전부가 페이에게 옮겨졌다.

……이게 어떻게 된 거지?

……무슨 일이 일어난 거야?

케이오스가 꺼낸 것은『사도』다. 인류 덱의 어떤 한 장을 제외하고 모든 카드를 물리칠 수 있는 공격력이 있다. **용사 이외**의 모든 카드를.

……그런데도 졌어.

……페이가 꺼낸 건『용사』였다는 건가?!

그럴 리가 없다.

수중에 남아있을 리 없다. 그 이유는 3, 4턴에서…….

제3턴—	페이의 카드가 늘어난 것으로『여행자』를 꺼냈다고 추측됨.
	거기서『이름 없는 아이』를 뽑은 것은 확실함.
	(『창조주』를 뽑았다면 제4턴에서『수호수』가 패배했을 것임.)
제4턴—	페이가 카드를 두 장 사용.
	여기서『치유사』를 장비 카드로 사용한 사실도 확정.
	=『이름 없는 아이(용사)』로『수호수』를 이기기 위한 전술이라는 것도 알 수 있음.

이 제4턴, 페이는 『용사』를 사용했을 가능성이 무척 크다.

또한 극히 적은 확률인 『용사』를 아낄 경우를 경계해 제6턴에 『성령』 카드 파괴를 사용해 『용사』의 유무도 확인했다.

……제6턴은 『용사』가 없었어.

……그런데 제7턴에 『용사』가 갑자기 생겨났어? 그럴 리가…….

"……!"

있다!

케이오스의 뇌리에 딱 하나 떠오른 가능성, 그것은…….

"『이름 없는 아이』를 남겨뒀었나?!"

성령으로 파괴한 카드는 어디까지나 『용사』. 페이의 수중에 『이름 없는 아이』가 있다면 그것을 피할 수 있다.

마지막 턴에 『이름 없는 아이(용사)』를 꺼내 『사도』를 격파했다.

그것 이외에 『사도』가 질 리가 없다.

……아니, 불가능해!

……페이는 제4턴에 『이름 없는 아이(용사)』를 사용했을 텐데!

그 근거는 남은 카드 수.

제4턴 당시 페이의 카드 네 장은 이랬다.

현자──제5턴에 사용(=제4턴에선 미사용).

마법사—제6턴에 사용(=제4턴에선 미사용).

치유사—장비 카드로 사용.

무진영 카드『이름 없는 아이』=제4턴에 사용한 건 이 카드밖에 없음.

역시 그렇다.

몇 번 생각해봐도 **페이는 제4턴에『이름 없는 아이』이외에 꺼낼 것이 없다.**

마지막 턴까지 아껴뒀을 리가…….

"와! 정말 두근두근했어요!"

"음, 제4턴도 그렇지만 제6턴의 선택도 손에 땀을 쥐었다."

"저기! 이거 나도 해보고 싶어!"

세차게 문이 열렸다.

케이오스가 반사적으로 바라보니 세 소녀가 흥분을 감추지 못한 모습으로 들어왔다.

뒤이어 의미심장하게 팔짱 낀 미란다 사무장도.

"아까웠어, 케이오스 군. 종이 한 장 차이였어, 게임 내내 말이야."

"……사무장님."

의자를 돌려 바라보았다.

"그렇게 말하는 걸 보면 마지막 턴에 무슨 일이 벌어진 건지 파악한 모양이네요."

"그야 이쪽은 관전 모드로 지켜봤으니까. 너희 카드를 보면서 감탄했었어. 뭐…… 그래도 제4턴의 공방은 재차 확인했을 정도지만."

역시.

케이오스의 촉은 틀리지 않았다. 제4턴이 어딘가 수상하게 느껴졌었는데.

"……답을 확인하고 싶군."

자신을 바라보는 여성진을 올려다본 케이오스는 한숨을 흘렸다.

이 싸움을 지켜본 관전자들에게.

"마지막 턴, 『사도』를 이길 수 있는 건 『용사』밖에 없어. 이건 내 추측이지만 페이의 초기 카드에 『용사』는 없었어. 랜덤 드롭으로 사라졌을 텐데?"

"그 말이 맞다, 케이오스 공."

검은 머리 소녀 넬이 다부진 눈빛으로 바라보며 끄덕였다.

"페이 공의 카드엔 『용사』가 없었다. 마지막 턴은 『이름 없는 아이』가 복사한 거지."

"더 알 수가 없군."

넬을 바라본 케이오스는 자신의 전자 단말을 향해 시선을 돌렸다.

"『이름 없는 아이』는 제4턴에 사용했을 텐데. 마지막 턴까지의 공방으로 역산하면 페이는 그것 이외에 쓸 수 있는 카드가 없어."

"아! 그거예요!"

금발 소녀 펄이 전자 단말 화면을 가리켰다.

"저희도 지켜보면서 놀랐어요! 제4턴, 거기서 3연속으로 『사도』를 낼 줄 알았던 케이오스 씨가 설마 『수호수』를 꺼내다니요! 페이 씨가 『이름 없는 아이』를 꺼낼 거라고 예측한 굉장한 플레이였어요!"

"내 예측이 맞았다는 건가?"

"아, 네! 페이 씨는 『이름 없는 아이』를 꺼냈어요!"

역시 그렇다.

관전자 시점에서도 페이의 추측과 선택은 틀리지 않았다.

……페이는 제4턴에 『이름 없는 아이(용사)』를 꺼냈어.

……하지만 마지막 턴에 『이름 없는 아이(용사)』가 한 장 더 있었다고?

그런 건 불가능하다.

『이름 없는 아이』가 두 장 존재하지 않는 이상 그것은 속임수에 가까운 현상이다.

그러나 그건 『여행자』를 사용할 때만 손에 넣을 수 있는 무진영 카드. 다시 말해 『여행자』가 두 장 있어야…….

아니다.

뒤집어서 생각하면 **『여행자』가 두 장 있으면** 가능하다.

"설마! 제4턴에서 『이름 없는 아이』가 복사한 것은 『용사』가 아닌 『**여행자**』였었나?!"

【페이의 행동(케이오스 예상)】

제4턴—　　　『이름 없는 아이』로 『용사』를 복사.

（이 턴에 소비）

또한 『치유사』를 장비 카드로 사용 후 다시

수중으로 되돌렸음.

（남은 카드는 『현자』, 『마법사』, 『치유사』.）

【페이의 행동(실제)】

제4턴—　　　『이름 없는 아이』로 『여행자』를 복사.

그 『여행자』의 효과로 다시 『이름 없는 아

이』를 입수. **(카드 한 장 증가)**

또한 『치유사』를 장비 카드로 사용한 후

일부러 버림.

（남은 카드는 『현자』, 『마법사』, 『이름 없는

아이(용사).』

……무한히 쓸 수 있는 『치유사』를 일부러 버린 건가?!

……『이름 없는 아이』로 다시 손에 넣은 카드의 수를 속

이기 위해!

제4턴이 끝나고 페이의 카드가 네 장이 됐다면 케이오스

는『이름 없는 아이(여행자)』전술을 알아차렸을 것이다.

그것을 방지하기 위해 페이는 일부러『치유사』를 버렸다.

"……그렇군."

케이오스는 이해했다.

제4턴의 예측에서 한 수 뒤지고 말았다.

① 【케이오스 시점】

제4턴에 3연속『사도』를 낼 거라고 생각하도록 유도했다.

그것을 페이가『용사』로 막는다면『수호수』를 꺼내면 된다.

↓

② 【페이 시점】

제4턴, 케이오스 선배는『신룡』,『사도』,『수호수(5)』중 하나를 낸다.

모든 선택지에 대응할 수 있는 것이『용사(마법사)』인 이상, 신 덱은 그 대책으로『수호수』를 꺼내는 것이 가장 좋은 수.

그렇다면『치유사』를 장비 카드로 사용해『용사』의 공격력을 올린다.

↓

③ 【케이오스 시점】

페이라면 자신이『수호수』를 내리라 예상할 것이다.

그렇다면『치유사』를 장비 카드로 사용할 테니 이쪽도 『번개와 검』으로『수호수』를 강화한다.

④ 【페이 시점】

지금까지의 과정 전부가 허세.

『치유사』를 장비 카드로 사용한 진짜 목적은 『용사』를 강화하기 위해서가 아니라 『이름 없는 아이(여행자)』━『이름 없는 아이』를 다시 손에 넣었을 때 카드가 한 장 늘어나는 것을 상쇄하기 위한 카드 **낭비**를 위한 것.

(=페이는 『치유사』를 수중에 되돌리지 않고 버리는 대신 『이름 없는 아이』를 입수.)

(=케이오스 시점에선 『치유사』가 수중에 돌아온 것처럼 보임.)

"케이오스 군도 제법 예리하더라."

목소리가 밝은 미란다 사무장.

"제4턴에 페이 군이 『용사(이름 없는 아이)』를 사용했다고 확신하면서도…… 제5턴에 위화감을 느끼고 『성령』으로 『용사』를 확인했을 땐 깜짝 놀랐어."

"……저도 마찬가지예요."

조용히 손을 든 것은 지금까지 가만히 이야기를 듣던 페이.

안도한 듯이 살짝 쓴웃음을 떠올리며.

"그때 케이오스 선배가 성령으로 『용사』가 아니라 『이름 없는 아이』를 선언했더라면 제가 졌을 거예요. 제6턴도 완

전히 50퍼센트의 확률에 맡겼을 뿐이었고요.”

“글쎄.”

단말의 전원을 껐다.

모니터가 어두워진 것을 확인한 케이오스는 의자에서 일어났다.

“보고 싶었던 걸 봤으니 일단은 만족이다.”

“네?”

“약속했던 이야기를 하지. 아마 너희가 본부에 온 동기와도 연관이 있을 거야. ……하지만 그 전에.”

“커피라면 사뒀어.”

미란다 사무장이 상의 주머니에서 꺼낸 캔커피를 던졌다.

“저당 밀크커피 뜨거운 거 맞지?”

“역시 사무장님.”

화상 입을 것처럼 뜨거운 캔을 잡고서.

너무 뜨거워 당장 마실 수 없을 것 같다. 그 캔을 가볍게 손으로 쥐고는.

“페이, 이 캔을 따뜻하게 만드는 **힘**이 뭘까?”

“……? 힘이라면…… 전기라든가 과학이라든가, 그런 거 말이에요?”

“나쁘지 않아. 현대 문명은 전기를 이용하니까. 하지만 고대 마법 문명이라면 이 캔커피를 따뜻하게 만들 때 마법을 사용했을 거야. 두 문명은 너무나도 달라.”

캔을 위로 던졌다.

그 캔이 공중에서 빙글빙글 회전하는 것을 올려다보며 케이오스는 말을 이었다.

"과거와 현대. 이 두 문명을 잇는 잃어버린^{미싱 링크} 역사에 관해 이야기하지."

1

신비법원 본부, 플레이 룸.

게임용 탁자가 정연하게 놓인 방에서.

"페이."

의자에서 일어난 케이오스가 캔커피를 던졌다.

방금 미란다 사무장이 그에게 건네준 것을.

"너 줄게."

"네? 하지만 커피는 선배가 좋아하는 거잖아요…… 일부러 저당으로 찾아다 주신 건데."

"사실 최근에 깨달은 건데, 나는 저당 커피를 좋아하는 게 아니라 살짝 단 음료를 좋아하는 것뿐이었던 모양이야."

"너무 늦게 깨달은 것 아닌가요?!"

"아까, 여흥 겸 했던 말을 기억해?"

그 말에.

페이의 머릿속에 떠오른 건 한 가지. 제2턴 도중이다.

"나는 고대 마법 문명이 쇠퇴하게 된 경위를 알게 됐지."

다만 케이오스의 말을 빌리자면 이것은 즐거운 이야기가
아니다.

"아까 나는 마법이라고 말했지만 정확하게는 신들로부터
받은 『어라이즈』야. 하지만 현재에도 마법사라는 호칭이
있듯이 이 힘을 마법이라는 단적인 말로 표현하는 것에 불
만은 없어."

케이오스가 상의 주머니에 손을 넣었다.

방의 벽까지 걸어가 거기에 기대듯 등을 대고서.

"고대 마법 문명을 지탱한 것은 어라이즈야. 현대처럼
과학이 발달하지 않았으니 어라이즈의 의존도는 현대와는
비할 바가 아니었겠지."

이 신화도시가 공중에 있는 것도 그렇다.

3천 년 전에는 지금보다 훨씬 대규모의 『마법』이 존재했
다고 알려져 있다.

"이건 내 상상인데, 어라이즈를 사용할 수 있는 사람의
수도 지금보다 많았을 거야. ⋯⋯하지만 인간이기에 일어
나는 일이 있지. 어느 시대, 어느 나라든⋯⋯."

"인간이 힘을 좋은 일에만 사용한다고는 할 수 없다⋯⋯
는 거니?"

그 자리의 모두가 돌아보았다.

혼잣말하듯 말한 미란다 사무장을.

"응? 뭐, 단맛 쓴맛 다 경험한 어른의 감이야."

정작 본인은 대단한 것 아니라는 듯 쓴웃음을 떠올리며 말을 이었다.

"신에게 받은 어라이즈를 사리사욕을 위해 사용하는 일은 현대에도 있으니 고대 마법 문명도 당연히 있겠구나 한 거지."

"……그래. 쉽게 말하자면 그게 전부야."

케이오스가 품속에서 IC카드를 꺼냈다.

거기에 담긴 데이터는 신비법원 지부마다 정리된 팀 리스트.

예를 들어 페이 일행의 이름, 신들의 놀이에서 거둔 승패 수, 그리고 어라이즈의 상세한 내용 등. 신비법원에 소속한 사람이라면 누구든 열람할 수 있다.

"펄 다이아몬드."

"네?!"

"네 어라이즈는 텔레포트였지. 그걸 사리사욕을 위해 사용한 적 없어?"

"어, 없는데요?!"

펄이 다급히 고개를 저었다.

천장을 올려다보며 조금도 흐리지 않은 당당한 눈빛으로.

"투명하고 올바르고 귀엽게! 저는 언제든 신에게 받은

어라이즈를 소중히 다루고 있어요. 사리사욕이나 나쁜 짓에 사용한 적은 한 번도 없어요!"

"정말?"

"네!"

"그렇군. 그럼 화연도시 에알리스를 방문했을 때, 입욕이 금지된 심야에 남몰래 자신의 방과 욕실을 텔레포트로 연결해 온천을 만끽했던 사실도 없다는 말이지?"

멈칫.

가슴에 손을 얹고 선서하는 자세였던 펄이 그대로 굳어 버렸다.

"내가 조사한 바로는 우연히 에알리스의 감시 카메라에 찍힌 모양인데."

"죄송해요! 온천이 너무 기분 좋아서 그만!"

곧장 넙죽 엎드린 펄.

레셰와 넬은 그런 펄을 내려다보며 한숨을 쉬었지만, 케이오스는 그런 두 사람에게도 말을 걸었다.

"넬 렉클리스."

"뭔가, 케이오스 공."

"너는 어때? 초인형 어라이즈는 힘쓰는 일에 사용하기 쉽잖아. 네 어라이즈 『모멘트 반전』으로 사회에 폐를 끼친 적은 없어?"

"없다!"

넬이 가슴에 손을 얹고 외쳤다.

신기하게도 방금 펄이 했던 것과 똑같은 자세로.

"이 넬 렉클리스. 신에게 받은 어라이즈를 악한 일에 사용한 적은 생애에 한 번도 없다! 펄과는 달라!"

"그렇군."

"그렇고말고!"

"……그럼 페이가 성천도시 마르 라를 찾았을 때, 길 한복판에 무릎을 꿇고서 차량 통행을 방해한 끝에 달려온 트럭을 걷어차 전복시킨 일은 내 착각인 모양이군."

멈칫.

이번엔 넬이 굳을 차례였다.

"걷어차인 트럭이 세차게 벽에 충돌."

"아, 아앗, 이런! 그만 반사적으로…… 괘, 괜찮으십니까, 운전사 아저씨!"

"……저, 저기…… 그게…… 케이오스 공…… 그건 불가항력으로……?"

"정말이지. 둘 다 힘을 올바르게 써줬으면 좋겠다니까."

레셰가 어깨를 으쓱이며 어이없다는 듯이 웃었다.

"아니, 제일 심각한 건 레오레셰 님인데요……."

또한 뒤에서 미란다 사무장이 중얼거렸지만 레셰는 무척

이나 진지한 얼굴이었다.

"……뭐, 그런 건 귀여운 편이지."

검은 돌조각.

케이오스는 그 파편을 집어 올리고 주먹으로 감싸 쥐었다.

"어라이즈는 신들이 인간과 놀기 위해 부여한 것. 하지만…… 결국 신에게 선택된 힘이라는 명목으로 어라이즈를 악용하기 시작한 사람이 나타났어. 그것을 시작으로 범죄에 이용하는 자와 다툼에 사용하는 자가 나타났고, 그런 악용은 서서히 과격해졌지."

"억지력이 없었으니까. 고대 마법 문명 시절엔."

미란다 사무장이 깊은 한숨을 쉬고는 말을 이었다.

"지금도 그런 녀석이 없는 건 아니야. 다만 압도적으로 적을 뿐이지. 자화자찬이라는 건 알지만 협회가 적절한 힘의 사용 방법을 알려왔으니까."

"……맞아. 하지만 고대의 무엇이 결정적으로 나빴던 건지는 나도 몰라."

케이오스가 쥐었던 검은 돌조각을 던졌다.

방의 구석에 놓인 쓰레기통을 향해.

"하지만 어라이즈 악용을 막지 못한 고대 마법 문명은 파멸의 길로 떨어졌어. 결정적이었던 건 어라이즈가 도시와 도시의 항쟁에 이용되기 시작한 일이야. 사람을 다치게 하는 도구로 사용된 거지."

"……그렇군. 그래서 즐거운 이야기는 아니라는 거로군."

넬이 씁쓸하게 입술을 깨물며 말을 이었다.

"우리도 듣고 넘길 일이 아니다. 역사가 반복되지 않기 위한 교훈이로군……."

"그거야."

"응?"

"넬, 그 말을 잘 기억해둬."

그렇게 말한 케이오스의 시선이 향한 곳은.

신이었던 소녀, 레셰.

"어떻게 생각하지?"

"음…… 그건 신이었던 자로서 느끼는 바를 묻는 거야?"

레셰가 마치 빛나는 듯한 붉은 머리카락 끝을 손가락으로 빙글빙글 감았다.

그리고 그녀답지 않게 하늘을 올려다보며 침묵.

"……아깝다고 할까."

"그 이유는?"

"인간이 무엇을 하든 신은 불평하지 않아. 하지만 어째서 싸우는 걸까 하고 이상하게 여길지도 모르겠네. 인간끼리 싸우며 다치게 하는 것보다 신들과 노는 편이 즐겁지 않을까 싶은 거지."

"신다운 발상이군."

케이오스의 무미건조한 쓴웃음.

"3천 년 전의 신들도 비슷한 마음이었을 거야. 『슬프다』는 표현이 적절한지는 제쳐놓고, 어지러운 인간 세계를 신들이 걱정한 것은 사실이야."

"……저기, 케이오스 씨?"

펄이 조심스럽게 손을 들었다.

게이오스의 옆얼굴을 올려다보며.

"신들이 싸우지 말라고 중재하지 않았던 걸까요? 신은 전능하잖아요. 싸우는 도시에 자기 말을 듣도록 하는 것 정도는……."

"전능하니까 하지 않는 거야."

대답한 사람은 레셰다.

"암묵적인 규칙 같은 거지. 신들은 전지전능하니까 인간 세계에 간섭하지 않아. 만약 간섭하면 그건 지배잖아?"

자기 생각대로 인간을 지배할 수 있는 힘이 있다.

그래서 신은 개입할 수 없다. 엘리먼츠에서 방관하며 남몰래 슬퍼할 뿐.

"……하지만 가장 슬퍼한 건 신들이 아니었어."

불쑥.

그렇게 말한 케이오스가 손을 내밀었다.

허름하게 닳은 책. 아까 『라그나리그』의 카드가 담겨 있던 상자로 케이오스가 말하길 고대 마법 문명 시대의 유물 중 하나.

"3천 년 전에도 게임을 진심으로 사랑한 소녀가 있었어. 다 같이 놀면 평화로워질 거라고, 진심으로 그렇게 호소했지. 어라이즈가 다툼에 이용되는 걸 어떻게든 막고 싶었을 거야."

게임 『라그나리그』의 카드를 그 책에 담고서.

케이오스가 그 상자를 페이에게 내밀었다. 받으라는 뜻으로.

"너 같은 녀석이었을 거야."

"……저요?"

"네가 그 시대에 있었다면 비슷한 말을 했겠지?"

"……."

말없이 상자를 받았다.

솔직히 정말로 그랬을지는 페이도 모른다.

자신이 그 시대에 살았다고 생각하기엔, 고대 마법 문명은 너무나도 먼 과거다.

"……케이오스 선배, 그 소녀는 어떻게 됐죠?"

"그녀는 아무것도 바꾸지 못했어. 더욱 격렬해지는 도시 항쟁은 혼자서 막기엔 규모가 너무 크니까 말이야. 그래서……."

케이오스가 입을 다물었다.

잠시 침묵한 뒤 그가 이은 말은.

"그녀는 필사적으로『신들의 놀이』에서 10승을 거뒀어."

"······! 잠깐, 케이오스 공!"
"10승이면, 완전 공략이잖아요!"
넬과 펄이 서로의 이마가 맞닿을 정도의 거리에서 얼굴을 마주 보았다.

조용히 지켜보던 미란다 사무장도 이번만큼은 놀라움을 감추지 못했다. 반쯤 벌린 입을 다물지도 못하는 상황이었다.

물론 페이도 귀를 의심했다.

······『신들의 놀이』는 인류가 달성하지 못한 난관.

······아니, 애초에 달성한 사람이 없다는 것은 남아있는 기록상의 이야기야.

하지만 기록되지 않을 만큼 예전이라면.

잃어버린 3천 년 전. 고대 마법 문명 시대에 완전 공략자가 있었다는 것은 분명 모순된 이야기가 아니다.

"케이오스 공! 묻겠는데, 그건 확실한 이야기인가? 아까처럼 거짓말인 건······."

"확실해. **본인에게서 들었으니까.**"

"······어?"

넬이 멍하니 눈을 깜박였다.

본인에게서 들었다?

3천 년 전의 아무도 모르는 위업. 그 검은 기록석에 담긴 정보라면 몰라도『들었다』는 것은 대체 어떤 의미일까.

"신들의 놀이를 완전 공략한 사람에겐『포상』이 주어져. 그녀가 바란 것은『자신이 신이 되는 것』이었지."

"⋯⋯?!"

넬의 입에서 소리 없는 경악이 흘러나왔다.

펄과 사무장도 마찬가지였다.

그러나 페이는⋯⋯ 그 순간 모든 것이 연결됐다. 돌이켜 보면 그렇다. 신들의 놀이에서 신의 영광이란『신이 된다』는 것이라는 말을 무한신 우로보로스에게서 들었다.

그러나 위화감이 있었다.

⋯⋯신이 된다는 포상.

⋯⋯**지나치게 인간다운 소원**이라고 생각했어. 신들이 떠올릴만한 게 아니라고.

이제야 이해가 됐다.

과거에 그렇게 정한 인간이 있었다. 세레브레이션의 내용은 3천 년 전의 소녀가 신이 되기를 원했기에 정해진 것이 분명하다.

그렇다면.

소녀는 대체 어떤 마음으로 신이 되었을까.

"신이 된 그녀는 초기화했어."

리셋?

그것은 무슨 의미일까?

"그녀는 신의 힘 전부를 사용하는 대신 인류의 기억을 리셋했어. 신들의 놀이와 어라이즈도 잊게 했지. 그걸로 어라이즈를 사용한 다툼은 멈췄어."

"네에에에에에?!"

"뭐, 뭔가 그 말도 안 되는 규모는?! 아, 아니, 신의 힘이라면 이상하지는 않지만……."

"……황당한 일을 벌였네. 정말로 인간다운 발상이야."

놀라워하는 펄과 넬 옆에서.

미란다 사무장은 어딘가 달관한 표정으로 어이없다는 듯이 웃으며 말을 이었다.

"누구든 한 번은 생각할 법하잖아? 세계 최고의 권력자가 되어 세계를 마음껏 바꿔보고 싶다고. 그 여자아이가 원한 게 바로 그거야. 신의 힘을 손에 넣어 세계를 바꾸겠다는 거지. 그럴만한 사정이 있었다지만…… 그런데, 케이오스 군."

갑자기 걷기 시작한 미란다 사무장.

방의 구석. 사무장이 쓰레기통에 손을 넣어 아까 케이오스가 던졌던 기록석을 꺼냈다.

"그래서 고대 마법 문명은 홀연히 사라졌다……. 뭐, 세세한 역사 연결도 궁금하지만, 그건 둘째 문제야. 그 이야기…… 여자아이가 한 건 인간 세계에 대한 큰 간섭이잖아? 신은 인간 세계에 간섭하지 않는다는 암묵적인 규칙은?"

"완전한 신이라면 그렇겠지."

케이오스가 끄덕였다.

바로 그 질문을 기다렸다는 듯이.

"그녀는 인간에서 **반신반인**이 되었기에 그럴 수 있었어."

"……그녀라면."

"이미 알 텐데."

사무장에게 한 말이 아니다.

그건 자신을 향한 질문이라는 것을 페이는 직감적으로 이해했다.

"신이 된 소녀의 이름은 헤케트 마리아. 지금은 헤레네 이어라는 이름이지."

정답 확인.

너무나도 황당한 이야기일 텐데, 그 자리에 있는 모두가 묵묵히 받아들였다. 아마도 모두가 어렴풋이 느끼고 있었을 것이다.

……지금까지의 알 수 없었던 의문점이 맞춰졌어.

……완벽하고 정교한 퍼즐처럼 말이야.

거짓일 리 없다.

페이는 조금도 의심하지 않았다.

"이미 알고 있겠지만 이렇게 된 김에 확실히 말해두지."

케이오스의 시선이 사무장에게.

"그녀의 팀『마인드 오버 마터』의 정체는 네 사람 모두 신이야. 정확하게는 신의 정신체가 셋이지."

"……하지만 케이오스 군, 본부 사람은 아무도 모르지 않니? 그렇게나 특이한 사람들이 모였는데도 말이야."

"그건 신의 힘 때문이야. 가벼운 인식 장해를 건다고 해."

"그렇구나. 그럼 다른 질문인데."

미란다 사무장이 미간을 찌푸리며.

"헤레네이어 양은 신이 됐어. 신의 힘을 모두 사용하는 대신 인류의 기억에서『신들의 놀이』를 삭제했지. 그건 어라이즈를 악용하지 않기 위해서, 나아가 어라이즈를 가진 사도를 늘리지 않기 위해서지?"

"맞아."

"하지만 현대에도『신들의 놀이』가 있는데?"

"……"

케이오스가 고개를 들었다.

아무것도 없는 허공을, 천장을 가만히 바라보며.

"그래. 설령 신의 힘으로『신들의 놀이』의 기억을 지워도 모든 게 끝나는 건 아니야. 그 이유는……."

"신은 유희에 굶주려있다."

혹은.

사실은.

케이오스라는 남자가 가장 하고 싶었던 말은 이쪽이었는지도 모른다.

그런 생각이 들 정도로 그 말에 힘이 담겨 있었다.

"신도 인간도. 어느 시대, 어느 세계도. 유희를 원하는 자는 절대로 사라지지 않아."

"애송이, 유희는 좋아하나?"

"나는 좋아한다."

유적도시 엔쥬의 발굴장에서.

사람과 신들이 유희를 즐기는 고대 벽화 앞에서 거신 타이탄은 그렇게 말했다.

어느 시대든 유희는 유희.

기꺼이 즐기라고.

"역사는 반복돼. 고대 마법 문명에서 2천 년 이상이 흐른 미래에 비경을 탐험하던 학자들이 유적에서 거신상을 발견해 다이브한 뒤로 다시 『신들의 놀이』가 시작된 것은 필연이라고 생각하지. 하지만……."

케이오스가 눈을 감았다.

"헤케트 마리아가 그것을 인정할 리 없지."

그의 입술에서 흘러나온 무미건조한 한숨.

"필사적으로 『신들의 놀이』를 완전 공략해 신의 힘을 바라고, 그 신의 힘을 전부 사용해 인간의 기억을 리셋했어. 그런데 다시 어라이즈를 사리사욕을 위해 사용하는 자가 나타난다면? 같은 문제가 벌어지는 것을 그녀가 걱정하는 것도 당연해."

"그래서 전생했다는 거야?"

"역시나 신이었던 존재답게 잘 아네."

눈을 뜬 케이오스가 레셰의 말을 수긍했다.

기대던 벽에서 몸을 떼고서.

"헤케트 마리아에게 신으로서의 힘은 남아있지 않아. 평범한 인간으로 전생했지만 그녀의 목적은 3천 년 전과 마찬가지로 『신들의 놀이』를 없애는 것."

그러나, 모순적이게도.

하필 전생한 곳이 신비법원 이사장의 딸이었다.

신비법원은 『신들의 놀이』로 세계가 활기를 띠게 하려는 조직으로, 그 조직의 이사장은 누구보다도 인류의 완전 공략을 바라는 자 중 하나일 것이다.

……헤케트 마리아는 헤레네이어라는 인간으로 전생했어.

……예상 밖이었겠지.

신으로서 『신들의 놀이』를 없애고 싶고.

딸로서 『신들의 놀이』를 더 발전시키고 싶은 이사장의 마음도 들어주고 싶다.

어쩔 도리가 없는 고뇌.

"……저기, 케이오스 씨. 근데 어떻게 없앨 생각인 걸까요?"

펄이 생각에 잠긴 얼굴로 팔짱을 낀 채 말을 이었다.

"헤레네이어 씨는 신의 힘을 잃어버렸잖아요. 고대 마법 문명 때처럼 전 세계에서 『신들의 놀이』의 기억을 지울 수 없는 것 아닌가요……?"

"다시 신의 힘을 얻으면 돼."

"그, 그렇군요! 『신들의 놀이』에서 다시 10승을 거둬 신이 된다면…… 그래서 헤레네이어 씨는 세 신과 팀을 짠 거군요!"

"……아. 이런 우연이 다 있나."

그때 레셰가 감탄하듯 말했다.

"나와 입장이 비슷하구나."

그렇다. 케이오스의 말에 페이의 머릿속에 제일 먼저 떠오른 감상이 그것이다.

……나도 제일 먼저 그게 신경 쓰였어.

……동기는 다르지만 레셰와 헤레네이어의 사정이 비슷해 보여.

신에서 인간이 되고, 다시 신으로 돌아가기 위해 『신들의 놀이』에서 10승을 노린다는 사정.

반신반인의 몸이기에.

인류가 신에게 10승을 거둔다는 『신들의 놀이』에, 헤레네이어는 다시 참전할 수 있었다.

그러나 한 가지 의문점도 있다.

"케이오스 선배, 그녀는 어째서 **아직 7승**인가요?"

너무 늦다.

헤레네이어는 이미 고대 마법 문명 시절에 완전 공략에 성공했고 현대에는 세 신과 같은 팀을 맺었다. 10승 정도는 빠르게 실현할 수 있었을 것이다.

……하지만 현실은 그렇지 않아.

……『마인드 오버 마터』는 최근 급격히 시합 빈도가 줄었어.

"사정이 있거든."

목소리를 조금 낮춘 케이오스.

"너희도 방금 그녀가 거신상에 다이브할 수 없는 이유를 봤을 거야."

"이사장님 말이지?"

미란다 사무장이 안경을 추켜올렸다.

렌즈 너머의 그 표정은 케이오스와 마찬가지로 매서워져 있었다.

페이는 온몸으로 느꼈다.

"선배는 어때요?"

"나? 설마 나까지 신이라고 의심한다면 잘못 짚었어."

"헤레네이어의 목적을 어떻게 생각하냐고요."

"나도 몰라."

케이오스가 몸을 돌렸다.

벽에서 떨어져 발걸음을 옮겨 펄, 넬, 레셰, 미란다 사무장의 눈앞을 지나 플레이 룸의 문에 손을 가져갔다.

"너희가 어떻게 행동할지는 너희가 정해."

케이오스는.

팀『마인드 오버 마터』의 유일한 인간 코치는 그렇게 방을 떠났다.

Epilogue 짐승 중의 짐승

1

신비법원 본부, 북동 2층.

일곱 빛깔 스테인드글라스로 장식된 통로는 마치 공기가 얼어붙은 것처럼 고요했다.

그 앞에는 에이스 팀에게 주어진 전용 룸. 다시 말해 『마인드 오버 마터』를 위한 방이 있었다.

또각.

고요한 통로에 거침없을 정도로 뻔뻔한 발소리가 울렸다.

그 발소리가 점점 가까워지고.

"케이오스."

발소리가 멈췄다.

방 앞에 서 있던 소녀의 한마디로 케이오스가 멈춰 섰기 때문이다.

"……말이 너무 많네요."

소녀가 비취색 눈빛으로 올려다보았다. 연보라색 머리카락을 한쪽 손으로 만지작거리며 원망스러운 듯이 보이기도 하는 눈빛으로.

"……어째서 이야기한 건가요?"

"설명은 나한테 맡겨달라는, 그 약속대로 움직였을 뿐이야. 말이 좀 많았던 부분도 있지만, 뭐, 허용 범위지."

진지한 얼굴로 답했다.

케이오스는 이 소녀를 배신할 생각이 조금도 없다.

"나는 이게 제일 좋은 방향이라고 판단했다."

"일부러 지고, 일부러 말한 건가요?"

"페이를 이길 수 있는 녀석은 그리 많지 않아. 나는 최선을 다해 싸웠어."

"……."

소녀가 입을 다물었다.

3천 년 전, 사람에서 신이 된 소녀가.

"……저는…… 제 과거를 다른 사람에게 알리고 싶지 않았어요. 누구에게도…… 아버님께도 말하지 않았어요."

"이사장님의 상태는 어떠셔?"

"……의식은 돌아오셨다고 해요. 지금부터 병문안 가려던 참이었죠."

때마침 마주쳤을 뿐이다.

케이오스는 방으로 돌아가고, 헤레네이어는 방을 나간다.

"방을 맡길게요. 당신이 없으면 아무도 청소하지 않아서요."

"헤레네이어."

그렇게 지나치려 하고.

좁은 복도에 두 사람이 겹친 찰나의 순간에.

"나는 그저 나와 같은 지식을 얻은 그 녀석이 나와 같은 결론을 내릴지 궁금했을 뿐이야. 이것도 유희지."

"……그건 유희가 아니라 도박이잖아요?"

소녀가 힘없이 웃었다.

슬픈 듯이.

"도박은 지는 쪽이 슬퍼져요. 유희는 승자도 패자도 즐길 수 있고요."

"그럼 물어보겠는데, 지금의 너는 유희를 즐길 때 웃고 있어?"

"……."

소녀는 말없이 지나갔다.

복도에 발소리가 울리지 않는다. 가녀린 탓에 몸이 가볍기 때문인지, 아니면 반신반인이기 때문인지. 그 모습이 복도 너머로 사라지고.

"웃을 수 있었으면 좋겠네."

케이오스는 그곳에서 사라진 그녀에게 그런 말을 보냈다.

"이기든 지든 또 놀자는 말, 너는 언제부터 하지 않게 됐지?"

신비법원 본부, 북동 1층.

이름도 모르는 신들이 그려진 스테인드글라스 유리를 보며, 페이 일행은 입을 굳게 다문 채 빠른 걸음으로 복도를 걸었다.

"저, 정말 괜찮을까요?! 헤레네이어 씨와 대화하겠다니…….."

"너도 마음을 굳혀, 펄. 우리는 사도야. 『신들의 놀이』에 도전하는 자로서 그녀의 의도를 알고도 가만히 있을 수는 없어."

불안한 듯이 복도를 둘러보는 펄.

그 옆을 걷는 넬이 마찬가지로 긴장된 얼굴로 주먹을 쥐었다.

"케이오스 공은 확언하지 않았지만 미궁 루셰이메어 사건도 그녀와 그 동료인 신들이 흑막이로군. 그렇지 않은가? 미란다 사무장님."

"……그렇게 되겠지. 음, 이 길을 따라가다 오른쪽인가?"

맞장구를 친 사무장은 걸으며 소형 액정 단말과 눈싸움 중.

그 화면에 나온 것은 본부 빌딩의 안내도다. 팀 『마인드 오버 마터』의 방이 앞에 있는 모양이다.

"솔직히 헤레네이어 양을 포함한 네 사람이 방에 있기는 할까? 분명한 신이잖아. 다른 팀처럼 회의나 훈련을 할 것 같지는 않은데. 팀원 네 사람이 있는 곳은 케이오스 군 정도밖에 모르지 않을까?"

케이오스가 『마인드 오버 마터』의 코치인 것은 방금 알게 된 사실로, 그가 떠난 뒤에야 알아냈다.

……케이오스 선배는 헤레네이어 팀에 소속되어 있어.

……그 사실만 본다면 그녀의 동료인 것 같은데.

페이도 알 수 없었다.

고대 마법 문명과 헤레네이어의 사정을 말하는 그의 말투는 오히려 담백할 정도로 헤레네이어에 대한 감정을 배제한 것이었다.

……애초에 케이오스 선배는 말할 필요가 없었을 텐데.

……헤레네이어를 도울 거라면 조용히 있는 게 좋았을 거야.

복도를 걷는 지금도.

머릿속에 그녀가 한 말이 떠올랐다.

『페이, 유희를 좋아해?』

『이 세계에는 인간의 유희 거리는 수없이 많아. 신의 게임에 고집할 필요는 없지 않아?』

그럴지도 모른다.

인간은 인간의 유희만으로도 즐기며 살아갈 수 있을 것이다.

하지만.

"레셰."

"응?"

"케이오스 선배의 이야기를 들은 내 결론."

돌아보지 않고.

똑바로 앞을 바라보는 페이는 뒤에 있는 이전 신에게 말을 걸었다.

"나는 그녀와 대화하고 싶어."

"그래서 가는 거잖아?"

"많은 의견이나 생각이 있어도 돼. 하지만 나는 그녀가 실현하려는 이상적인 세계가……."

"잘못됐다고?"

"아깝다고 생각해."

1층에서 2층으로.

빛이 드는 계단을 오른 너머에는 1층과 마찬가지로 아름답게 빛나는 스테인드글라스 복도가 펼쳐져 있었다. 그 복도 끝에 양쪽으로 여는 중후한 문이 보였다.

"저, 저 방에 헤레네이어 씨가……!"

펄이 가슴에 손을 얹고 심호흡했다.

"저희가 찾아가면 화낼까요……? 있을지 없을지도 모르고,

애초에 문을 열어줄지 어쩔지도…… 우, 우선 노크부터…….”

“연다!”

“레셰 씨이이이이이?!”

끼익.

삐걱대는 소리. 레셰가 중후한 문을 밀자 세차게 열렸다.

“뭐 하는 건가요?! 레셰 씨!”

“분명 환영해 줄 거야. 신은 한가해서 어쩔 수 없는 놈들밖에 없으니…… 어머?”

레셰가 멍하니 눈을 깜박이고.

문 너머는 일반적인 회의실과는 거리가 먼 원형 마루 구조였다.

테이블도 의자도 없었다.

새하얗게 칠해진 방. 인간이 살거나 지내기 위한 곳이라고는 생각할 수 없을 정도로 무기질하고 지나칠 정도로 조용한 세계가 펼쳐져 있었다.

“아무도 없네. 예상대로라면 예상대로지. 적어도 케이오스 군이 있을지도 모른다고 기대했었지만.”

미란다 사무장이 올려다보는 천장.

거기에 벽은 없었다.

처음부터 없었는지, 아니면 없앤 건지. 올려다본 시야 끝에는 빨려들 것처럼 푸르른 하늘에 하얀 구름이 걸려 있었다.

그리고 밝게 드는 햇살이 일행을 비추고 있었다.

"헤레네이어 양. 어쩌면 이사장님 건강을 걱정해 의무실로 갔을지도 모르겠네. 우리도 그리로 갈까?"

"안 된다냥!"

횡, 바람을 가르는 소리.

그 목소리와 기척은 방금까지 이사장이 올려다보던 뚫린 천장에서 들렸다.

쿵.

하늘에서 방으로 내려온 붉은 머리 소녀가 공중에서 한 바퀴 돌며 바닥에 착지. 그러는가 싶더니 다급히 치마를 손으로 억눌렀다.

"히약?! 짐의 스커트가 바람에 들쳐서……?! 헤레네이어가 보면 『버릇없다』고 화낼 거다냥!"

니베라 불렸던 소녀.

어떻게 잊을 수 있겠는가.

방금 전까지 인간 따위 노려보는 것만으로 지워버릴 만한 눈빛을 번뜩이던 신……일 텐데, 지금은 아까의 위엄을 조금도 찾아볼 수 없었다.

"……윽, ……몸가짐, 몸가짐."

어째서인지 진홍색 머리카락을 한 손으로 매만지면서 다

른 한 손으로 흐트러진 치마를 정돈했다.

눈앞의 페이 일행은 조금도 신경 쓰지 않고서.

"……저기, 페이 씨. 저 신은 전혀 신 같지 않은데요……."

"……오히려 신다운 게 아닐까? 자유롭고 변덕스러운 게……."

"……후우."

페이 일행이 멍하니 바라보는 앞에서 정성스럽게 몸가짐을 다듬은 소녀가 만족스러운 듯이 이마에 손을 얹었다.

"……아니, 이게 아니다냥! 그래, 너희!"

"아, 이제야 우리를 봐줬네."

"너희 목적은 알고 있다냥! 이사장의 방을 청소하는 헤레네이어, 사무실로 간 케이오스를 찾으러 온 거지? 그렇지냥?!"

"……."

고요히.

원형 방에 침묵에 휩싸였다.

입을 다문 페이 일행. 아무래도 그 반응은 예상 밖이었는지 붉은 머리 소녀 니베도 의아한 듯이 눈을 가늘게 뜨고서 다시 물었다.

"어째서 아무 말도 하지 않는 거냥?"

"……헤레네이어가 있는 곳이 의무실이 아니라 이사장님 방이었구나."

"……케이오스 군은 사무실에 있다는 거지? 그럼 그쪽으로 갈까?"

"실수했다아아아아아아아?!"

붉은 머리 신이 머리를 감싸고 절규했다.

페이가 지금까지 만난 신 중에 가장 한심한 목소리를 내는 신.

"헤레네이어는 너희를 만나고 싶지 않다고 했는데, 그걸 돕기는커녕 있는 곳을 알려주고 말았다냥!"

"……우리는 오히려 함정이 아닐까 싶었을 정도인데."

"흥! 어리석다냥. 신이 거짓말을 할 것 같으냥?!"

"그럼 사실이구나?"

"……."

이번엔 입을 다물고 말았다.

대신 소녀의 얼굴에서 대량의 땀이 흘렀다. 『신은 거짓말하지 않는다』는 말은 아무래도 사실인 듯하다.

"작전 취소! 역시 처음 계획대로 유희로 시간을 벌겠다냥! 케이오스는 그냥 페이랑 놀고 싶은 거 아니냐고 물었지만, 아무래도 좋다냥!"

"어? 아니, 잠깐만. 나는 헤레네이어를……."

"짐의 모습을 보아라!"

쿵!

소녀의 붉은빛깔 긴 머리가 일렁였다. 모두가 그렇게 인식한 것과 동시에 머리카락이 점차 불타오르는 홍련의 불꽃으로 변해갔다.

솟구치는 불똥과 열기.

소녀 니베가 홍련의 소용돌이에 휩싸인 뒤, 그 너머에서 소녀였던 그림자가 점점 거대해지더니 네 다리가 달린 짐승의 모습으로 변하는 것이 아닌가.

『짐은 초수 니벨룽.』

불꽃 소용돌이에서 나타난 짐승의 앞다리.

백 살을 넘은 거대한 나무처럼 두껍고 늠름했다. 그리고 사자처럼 생긴 머리, 뚜렷한 근육이 떠오른 동체가 드러나니.

그것은 홍련의 불꽃을 두른 짐승.

『모든 어라이즈. 그『초인』의 바탕을 전수하는 초수.』

"……뭐?!"

짐승의 모습을 한 신을 올려다보며 넬이 온몸을 떨었다.

"설마……! 이런 바보 같은 신이 그렇게 대단한 신이었다니!"

"저는 진심으로 마법사형이라서 다행이라는 생각이 들었어요!"

『뭐?』

웅장한 신의 사자는 그대로 표정이 굳었다.

『용서할 수 없다냥.』

초수 니벨룽이 새빨간 입을 벌렸다.

일찍이 미궁에서 싸운 잠자는 사자를 뛰어넘는 거대한 짐승이 뺨까지 찢어질 정도로 입을 크게 벌리고 달려들었다.

『짐의 뱃속으로 초대한다냥!』

"잠깐 기다려라!"

"전 먹어도 맛없어요오오오오오오!"

전원을 한입에.

저항할 틈도 없이 삼켜진 뒤, 빛이 들지 않는 터널과 같은 위를 향해 거꾸로 떨어졌다.

"……읔! **터널?!**"

페이가 그렇게 외친 것에 호응하듯 떨어지는 곳에 빛이 보였다.

빨려 들어가듯 빛 안으로 떨어졌고.

신들의 놀이터 「닫힌 피와 불꽃의 의식장」
^{엘리먼츠}

VS 「원초의 짐승」 니벨룽

게임, 개시.

엘리먼츠.

이 세계는 주인인 신마다 천차만별로 모습이 다르다. 초수 니벨룽의 입이라는『문』을 통해 다이브해 도달한 곳은.

마을이었다.

생기 있고 푸르른 목초 지대에 놓인 작은 마을.

오두막처럼 통나무를 조립해 세워진 가옥의 굴뚝에서 빵을 굽는 연기가 뭉게뭉게 피어올랐다.

마을 부지를 바라보니 어린아이들이 즐겁게 술래잡기하는 모습도 보였다.

"……한적하군."

"……한적하네."

"……아무런 고민이 없을 것 같은 마을이네요."

"……뭐랄까, 노후엔 이런 곳에서 여생을 보내고 싶네."

"……긴장이 풀리는 것만 같다."

멋대로 저마다의 감상을 말했다.

그런 페이 일행의 머리 위에서.

『네~. 여러분, 잘 오셨습니다.』

『저희는 주신 니벨룽 님의 영역에 사는 미이프입니다. 적절하게, 그리고 쾌적하게 게임을 즐기실 수 있도록 도와드리겠습니다.』

새빨간 쌍둥이 미이프.

그 피부색은 초수 니벨룽에 맞췄을 것이다.

"응? ……너희가 미이프라면 이것도 어엿한 신들의 놀이인가?"

『물론이죠!』

『우리의 주신은 당신들이 찾아오기를 계속 기다리셨습니다. 5백 년 정도 아껴뒀던 유희를 드디어 선보이게 됐네요!』

"너무 아낀 것 아니야?!"

『자!』

쌍둥이 미이프가 마주 보며 서로 두 손으로 하이 파이브했다.

마치 거울처럼 똑같은 행동이었다.

그리고 0.001초조차 어긋나지 않는 완벽한 리듬과 타이밍에.

『살인 미스터리『모든 것이 빨강이 된다』, 개막합니다!』

"어느 시대, 어느 세계도. 유희를 원하는 자는 절대로 사라지지 않아."

『신은 유희에 굶주려있다.』제6권, 읽어주셔서 감사합니다! 게임에 푹 빠지는 건 인간이나 신이나 마찬가지.

5권이 신 팀과 신 태그와의 2연전이기도 했으니, 이번 『라그나리그』는 일부러 인간 VS 인간의 결투로 했습니다. 그리고 옛 팀의 리더인 케이오스가 어떤 장면에서 불쑥 꺼낸 말이 몇 가지 큰 의미를 가져올 것만 같군요.

작년에 발표된 애니메이션 제작이 착실하게 진행되고 있으니 소설 쪽도 더 힘내서 진행하고 싶습니다!

토모세 토이로 선생님, 그리고 담당자 N 님, 앞으로도 부디 잘 부탁합니다!

그런 다음 권은 시작하자마자 『VS 초수 니벨룽 전』이 막을 엽니다!

장대한 신의 유희를 부디 기대해 주시길!

2022년 겨울에 사자네 케이

■ 역자 후기

안녕하세요. 역자 김덕진입니다.

『신은 유희에 굶주려있다.』6권으로 인사드리게 되어 영광입니다.

이번 6권은 다양한 사실이 밝혀진 것 같네요. 개인적으로는 작가님께서 후기로 적으신 것처럼 케이오스가 불쑥 꺼낸 말에 어떤 의미가 담겨 있는지 무척 궁금합니다. 케이오스라는 캐릭터의 중요성이 점점 더 커지는 느낌이네요. 1권에서부터 페이의 이전 팀에 관한 언급이 있었는데 케이오스 이외의 팀원도 등장하지 않을까 기대가 됩니다.

참고로 마지막에 등장한 『모든 것이 빨강이 된다』는 아마도 모리 히로시의 『모든 것이 F가 된다』의 패러디인 듯합니다. 제법 오래된 소설이지만 나름 유명해서 드라마와 게임, 애니메이션 등으로도 나온 적이 있어서 아시는 분도 꽤 계시지 않을까 싶네요. 저는 소설을 제일 먼저 접했었는데, 버스 안에서 두근거리며 읽었던 기억이 있습니다.

관심이 있으신 분은 한번 읽어보세요.

그럼 이렇게 6권 후기를 마칩니다.
읽어주셔서 감사하고 항상 행복하시길 바랍니다!

신은 유희에 굶주려있다. 6

초판 1쇄 발행 2024년 4월 10일

지은이_ Kei Sazane
일러스트_ Toiro Tomose
옮긴이_ 김덕진

발행인_ 최원영
본부장_ 장혜경
편집장_ 김승신
편집진행_ 권세라 · 최혁수 · 김경민 · 최정민
편집디자인_ 양우연
관리 · 영업_ 김민원

펴낸곳_ (주)디앤씨미디어
등록_ 2002년 4월 25일 제20-260호
주소_ 서울시 구로구 디지털로 26길 111 JnK디지털타워 503호
전화_ 02-333-2513(대표)
팩시밀리_ 02-333-2514
이메일_ lnovellove@naver.com
L노벨 공식 카페_ http://cafe.naver.com/lnovel11

KAMI WA GAME NI UETEIRU. Vol.6
©Kei Sazane 2023
First published in Japan in 2023 by KADOKAWA CORPORATION, Tokyo.
Korean translation rights arranged with KADOKAWA CORPORATION, Tokyo.

ISBN 979-11-278-7016-4 04830
ISBN 979-11-278-6467-5 (세트)

값 8,500원

©Sunsunsun, Momoco 2023 / KADOKAWA CORPORATION

가끔씩 툭하고 러시아어로 부끄러워하는 옆자리의 아랴 양 1~6권

SUN SUN SUN 지음 | 모모코 일러스트 | 이승원 옮김

> 이 나 메냐 토제 브니마니예
> "И на меня тоже обрати внимание."
> "어, 뭐라고 한 거야?"
> "별거 아냐. 【이 녀석, 진짜 바보네】 하고 말했어."
> "러시아어로 독설 날리지 말아줄래?!"
> 내 옆자리에 앉은 절세의 은발 미소녀, 아랴 양은 의기양양한 미소를 지었다.
> 하지만, 사실은 다르다.
> 방금 그녀가 말한 러시아어는 【나도 좀 신경 써줘】란 의미다!
> 실은 나, 쿠제 마사치카의 러시아어 리스닝은 원어민 레벨이다.
> 그런 줄도 모르고, 오늘도 달콤한 러시아어로 애교 부리는
> 아랴 양 때문에 입가가 쉴 새 없이 실룩거리는데?!

전교생이 동경하는 초 하이스펙 러시안 여고생과의
청춘 러브 코미디!

진화의 열매 1~11권

미쿠 지음 | U35(우미코) 일러스트 | 송재희 옮김

어느 날, 히이라기 세이이치가 다니는 고등학교가 학교째 이세계로 이동했다.
돼지&못난이인 세이이치는 반에서 따돌림을 받아 혼자 숲을 헤맨다.
클레버 몽키가 가지고 있던『진화의 열매』를 먹어 허기를 달래지만
스테이터스 중《운》이 제로인 세이이치는 카이저콩 사리아의 습격을 받는다.
그러나…….
"나, 처음. 그러니, 부드럽게 부탁해?"
어째선지 사리아에게 구혼 받았다아아?!

『소설가가 되자』연재작, 대인기 애니멀 판타지!

©Nana Nanato, Siokazunoko 2022
KADOKAWA CORPORATION

VTuber인데 방송 끄는 걸 깜빡했더니 전설이 되어있었다 1~5권

나나토 나나 지음 | 시오 카즈노코 일러스트 | 박정용 옮김

화려한 VTuber가 다수 소속된 대형 운영회사 라이브온.
그곳의 3기생이며 『청초』 VTuber인 코코로네 아와유키.
"역시 롱캔 따는 소리는 최고야!"
"응? 완전 꼴리거든?"
"내가 마마가 될 거야!"
하지만 그녀의 부주의로 방송을 제대로 안 끈 결과,
본래 성격(주정뱅이, 호색, 청초(VTuber))을 드러내고 마는데?!
"클립 엄청 따갔어?! 트렌드 세계1위?! 동시 시청자 수 실화냐고!!!"
이게 웬일, 갭이 호평을 받으며 인기 대폭발!
그 결과…… "으랏차—! 방송 시작한드아!"

모든 걸 내려놓은 그녀는, 대인기 VTuber의 길을 달려간다!!

데스마치에서 시작되는 이세계 광상곡 1~28권, EX

아이나나 히로 지음 | shri 일러스트 | 박경용 옮김

한창 데스마치를 치르던 프로그래머 스즈키 이치로(29).
『사토』란 닉네임을 쓰는 그가 잠시 잠들었다 깨어나 보니
듣도 보도 못한 이세계에 방치되어 있었다!
혼란에 빠질 틈도 없이 눈앞에는 처음 보는 괴물의 대군이 다가오고,
하늘에서는 유성우가 쏟아진다.
정신을 차리고 보니, 최강 레벨의 힘과 막대한 부를 손에 넣었는데……?!
이렇게 사토의 『유유자적, 가끔 시리어스, 그리고 하렘』인
이세계 모험담이 시작된다!!

**최강 레벨과 막대한 재보를 가지고
시작되는 유유자적 이세계 관광!!**